AF150751

Kontaktadresse nach EU-Produktsicherheitsverordnung:
produktsicherheit@fischerverlage.de

Drei unerhörte, kunstvoll ineinandergefügte Liebesgeschichten erzählt Per Olov Enquist in ›Gestürzter Engel‹. Die unerhörteste unter ihnen ist die authentische Geschichte von Pasqual Pinon, der mit zwei Köpfen geboren und in den 20er Jahren des letzten Jahrhunderts in einem Wanderzirkus entlang der amerikanischen Westküste vorgeführt wurde. Sein zweites Gesicht wuchs ihm aus der Stirn, ein Frauenkopf mit Lippen, Augen und Augenbrauen. Pinon gab diesem Gesicht einen Namen – Maria. Vorgeführt als das berühmteste Liebespaar an der ganzen Westküste wurden Pinon und Maria zum Emblem unauflöslicher Liebe. Zwei weitere extreme Liebesbeispiele fügen sich in diese radikale Erzählung ein. Zum einen die mörderische Dreiecksgeschichte eines schwedischen Ehepaares; die Frau geht mit dem jugendlichen Mörder ihrer Tochter eine Beziehung ein; nach dem Selbstmord des Jungen bleiben Frau und Mann einander in unauflöslicher Haßliebe zugewandt. Zum anderen die Geschichte der böswillig verlassenen Frau; dargestellt in der Beziehungskatastrophe von Bertolt Brecht und Ruth Berlau.

Per Olov Enquist führt seine Leser in Grenzbereiche des Menschlichen, wo das kaum noch Erzählbare zum Ereignis wird. Er vertraut dabei den poetischen Bildern der Sprache, dem blitzartigen Erkenntnispotential der Träume und einer formalen Komposition, die sich an musikalischen Strukturen orientiert.

»Ein Prosagesang, der sich immer wieder hinausschwingt ... in eine Gegend, wo alle Fragen verstummen.«   Reinhard Baumgart in ›Die Zeit‹

Per Olov Enquist, 1934 in einem Dorf in Nordschweden geboren, lebt in Stockholm. Er arbeitete als Theater- und Literaturkritiker und zählt heute zu den bedeutendsten europäischen Autoren. Im *Fischer Taschenbuch Verlag:* ›Der Besuch des Leibarztes‹ (Bd. 15404), ›Die Kartenzeichner‹ (Bd. 15405), ›Auszug der Musikanten‹ (Bd. 15741), ›Der fünfte Winter des Magnetiseurs‹ (Bd. 15743), ›Der Sekundant‹ (Bd. 15744), ›Lewis Reise‹ (Bd. 15997), ›Das Buch von Blanche und Marie‹ (Bd. 17172) und ›Kapitän Nemos Bibliothek‹ (Bd. 17636).

Unsere Adresse im Internet: www.fischerverlage.de

Per Olov Enquist

Gestürzter Engel

Ein Liebesroman

Aus dem Schwedischen
von Wolfgang Butt

Fischer Taschenbuch Verlag

Die Nutzung unserer Werke für Text- und Data-Mining im Sinne von
§ 44b UrhG behalten wir uns explizit vor.

3. Auflage

2024 S. Fischer Verlag GmbH,
Hedderichstr. 114, 60596 Frankfurt am Main

Lizenzausgabe mit freundlicher Genehmigung
des Carl Hanser Verlag München Wien
Die Originalausgabe erschien
unter dem Titel ›Nedstörtad Ängel‹
1985 bei Norstedts in Stockholm
© Per Olov Enquist 1985
Deutsche Ausgabe:
© Carl Hanser Verlag München Wien 1987
Printed in Germany
ISBN 978-3-596-15742-6

I
Vorgesang

Bewahre noch einen der kleinen seltsamen Zettel des Jungen auf. Auf diesem stehen nur vier Wörter: »Hauche mein Gesicht hervor.«

Ein Gebet?

Erwachte 03⁴⁵, der Traum noch immer ganz gegenwärtig. Strich unwillkürlich mit dem Finger übers Gesicht, über die Haut der Wange.

War der Antwort sehr nahe gewesen.

Stand auf.

Draußen über dem See hing ein eigentümlicher Morgennebel; die Dunkelheit war aufgestiegen, hatte aber eine schwebende graue Decke zurückgelassen, nicht weiß, eher wie mit einer Art Widerschein der Dunkelheit; sie schwebte vielleicht zehn Meter über dem Wasser, das absolut glatt und still war, wie Quecksilber. Die Vögel schliefen, eingebohrt in sich selbst und ihre Träume. Konnten Vögel träumen? Der Nebel lag so tief, daß er nur die Sicht auf das Wasser und die Vögel freigab, kein jenseitiges Ufer, nur eine breite, schwarze, unbewegte Wasserfläche, ein unendliches Meer. Ich konnte mir vorstellen, daß ich mich an einem letzten Ufer befand, und vor mir nichts.

Eine letzte Grenze. Und die Vögel, eingebohrt in ihre Träume.

Plötzlich eine Bewegung; ein Vogel, der aufflog. Ich hörte keinen Laut, sah nur, wie er mit den Flügelspitzen die Wasseroberfläche peitschte, freikam, schräg aufstieg: es geschah plötzlich, und so leicht, so schwerelos. Ich sah, wie er abhob und aufstieg, der grauen Decke des Nebels entgegenstieg und verschwand. Nicht einen Laut hatte ich gehört.

Ich stand ganz still und wartete, aber nichts mehr, absolut nichts. Genauso muß es gewesen sein, als Pinon starb. Wie ein Vogel, der auffliegt und steigt und plötzlich nicht mehr da ist.

Frei. Oder allein. Wie lang sind acht Minuten? Er hatte Maria zurückgelassen, und acht Minuten lang war sie allein gewesen.

Ich notiere im Tagebuch: »Das Leichenbild. Plötzlich sieht er sich selbst.«
Signal.

Als Brecht Ruth Berlau in der Nervenheilanstalt in New York besuchte und sie mit nach Hause nehmen wollte, verlangte sie, daß er auch die übrigen Patienten im Saal mitnehmen sollte. Er weigerte sich, und da blieb sie.

»Lieber zusammen mit den Verworfenen als mit den Freigesprochenen.«

Sie lebte nur durch ihn. Zuerst war es das Richtige, die einzig mögliche Art zu leben. Dann wurde es plötzlich – ungültig. Wie es geschah, wußte sie nicht richtig, aber plötzlich war sie nur eine Schlangenhaut, zurückgelassen auf einer Waldlichtung. Er sah sie nicht mehr. Es war, als ob es sie nicht gäbe. Sie wollte doch, daß man sie sähe. Ein Mensch kann ohne Augenlicht leben, ein Blinder ist auch Mensch. Aber wird man nicht gesehen, ist man nichts.

Ein Mensch kann nicht leben wie eine Schlangenhaut.

Alles was sie gewesen war, war sie durch ihn gewesen. So hatte sie es ja auch haben wollen. Und er hatte gesagt: wird man abhängig, dann ist es nicht mehr Liebe.

Eine Schlangenhaut, kein Mensch. Da spuckte sie ihm ins Gesicht, obwohl alle zusahen.

Notiere jetzt sehr genau alle Träume. Wichtig, die Veränderungen in den Träumen zu sehen.

Versuche, mich an den alten Traum zu erinnern, exakt wie er war.

Ich glaube, er war so. Der Mann im Eisgrab, von dem ich nicht wußte, wer er war, lag mit geöffneten Augen, starr den grauen Himmel fixierend. Über sein Gesicht war Schmelzwasser gelaufen und wieder gefroren, so daß das ganze Gesicht von einer dünnen, klaren Eishaut überzogen war. Durch sie konnte er Teile von Gegenständen sehen, die er wiederzuerkennen glaubte: Eisblöcke, graue Wolken, und einen Vogel hoch oben, der sich bewegte wie ein Schatten; aber die Eiskruste war ein schlechtes Glas, und er konnte nicht sicher sein. Alle Beschreibungen hatten plötzlich aufgehört, als er starb, aber er konnte dennoch nicht klar sehen. Als der Schnee kam, wurde er ganz undurchsichtig, und die Details verschwanden: da war er endlich frei. Der Albatros dort hoch oben war das

Letzte, was er sah, wenn es ein Albatros war: er glaubte, es wäre eine Spinne, die langsam über sein Gesicht kroch.

Das ist der alte Traum.

K, seine Frau und ich hatten uns in seinem Sprechzimmer verabredet; wir wollten gemeinsam nach dem Tod des Jungen seine Sachen ordnen und das Wenige, das er besessen hatte, an seine Angehörigen schicken. Ich kam hinauf ins Sprechzimmer, die beiden anderen waren schon da.

Sie standen im Dunkeln, wie eine verschlungene Silhouette gegen die hellere Fläche des Fensters, und umarmten sich. An diesem Abend bekam seine Frau ihren Zornesausbruch gegen mich. Ich erinnere mich noch immer an ihr Gesicht, verzerrt vor Raserei und meinem ganz nahe, ein Strom von Worten und Anklagen, die mir zuerst unbegreiflich waren.

Es stimmt wohl, daß ich nichts begreife. Aber ich versuche es doch, zum ersten Mal, das ist wirklich wahr. Wenn sie mir zugehört hätte, hätte sie vielleicht verstanden.

»Man kann Liebe nicht erklären«, schrie sie.

Aber wenn man es nicht versucht, wenn man es nicht versuchte, wo ständen wir dann?

Pasqual Pinons Errettung aus der Grube. Der Albatros kreiste hoch dort oben, kreiste und kreiste, als wollte er dort in tausend Meter Höhe den Platz markieren, wie ein Zeichen. Er bewegte den mächtigen gefiederten Kopf von einer Seite zur anderen: hier ist es. Hab keine Angst.

Der Führer war schon durch den Eingang des Stollens eingetreten, stand knapp innerhalb, machte ungeduldige Gesten, als wäre er sehr erregt, oder nur furchtsam. Shideler zauderte draußen. Er schwitzte heftig. Dort unten in der Grube war das Monster, er wußte es und hatte Angst. Er wollte nicht hinuntergehen, obwohl er wußte, daß er es tun würde.

Schließlich ging er. Eine halbe Stunde lang stiegen sie langsam auf den Holzleitern abwärts, begegneten hier und da anonymen Schatten auf dem Weg nach oben. Sie sagten nichts.

Dann waren sie schließlich am Ziel.

Zuerst sah er nichts. Im schwachen Lichtkegel der Grubenlampe waren nur undeutliche Schatten zu sehen, aber schließlich im Zentrum ein ganz bestimmter Schatten, der sich bewegte, beinah wie ein Lebewesen. Das Licht der Grubenlampe fiel in eine Grotte, eine Ausweitung des Stollens von vielleicht vier mal drei Metern. Am Boden ein Verschlag aus zusammengenagelten Brettern und mit Stroh und Lumpen angefüllt, man konnte nicht klar sehen. Vielleicht waren es Lederstücke oder Wolldecken.

Im Bett ein Lebewesen, das langsam begann sich zu bewegen, sich aufsetzte.

– Das ist kein Mensch, sagte der Führer.

Es war ein Lebewesen, mit einer Art Kopf, Augen, die mitten in dem Schwarzen leuchteten. Der Kopf war zum größeren Teil mit Haaren bedeckt. Unter dem Kopf waren ein Rumpf, eine pferdeartige Brust und Extremitäten, Armen ähnlich, die ausliefen in – waren es Hufe oder Hände? Man konnte es nicht sehen, doch plötzlich wurde er sich des Gestanks bewußt, des schweren, durchdringenden Gestanks, der das Atmen fast unmöglich machte.

– Das ist kein Mensch, sagte der Führer.

Der Kopf war mit einem Stück Stoff umwickelt. Genauer gesagt: einer schwarzen, verklebten Masse, die einmal ein Stück Stoff gewesen war. Der Führer tat einen Schritt nach vorn und fing an, an einem hervorstehenden Zipfel zu zerren, während das Wesen sich in Panik sträubte, die Arme um den Kopf gepreßt. Es wehrte sich.

– Es schämt sich, sagte der Führer. Das macht es immer, weil es sich schämt und sich nicht zeigen will.

Ein Stück des Tuches löste sich plötzlich, dann ein weiteres, und dann noch ein Stück. Man hörte ein gutturales Stöhnen, wie von einem Tier in Todesangst, wie das Röcheln eines sterbenden Stiers. Dann löste sich das Tuch ganz, und der Führer hielt es in der Hand, triumphierend, und ließ das Licht der Grubenlampe ruhig und unerbittlich auf dem Wesen ruhen, das sich jetzt schwer in die dunkle graue Masse setzte, die vielleicht Stroh war oder Lumpen.

Man sah deutlich, was es war. Ganz deutlich.

– Das ist ein Kind des Satans, sagte der Führer. Kein Mensch. Wir fingen ihn, als er fiel.

So eigenartig: noch keine Morgendämmerung. Der See schwarz. Der Nebel wie vorher. Ich zähle die Sekunden, fast atemlos; so muß es gewesen sein. Zum ersten Mal allein.

Acht Minuten lang war sie allein.

II
Der Gesang vom
Leichenbild

Früher hatte ich immer nur drei Träume. Ich dachte, daß irgendetwas nicht stimmen kann mit einem Menschen, der nur drei Träume hat – damit meine ich nicht die gewöhnlichen Träume, die am vorausgegangenen Tag geboren sind, Echos nur, die im Dunkeln hin und hergeworfen werden. Ich meine die richtigen Träume, die deutlich und deshalb vollkommen unmöglich zu verstehen sind.

Lange hatte ich nur drei. Ein Mensch mit nur drei Träumen muß sehr früh gestorben sein, beinah als Fötus, und nur der Körper ist übriggeblieben.

Einer von ihnen, manisch wiederkehrend: Bin zusammen mit einer unbekannten Frau, gehe über eine Schnee-Ebene im Inneren Rußlands. Hohe Sonne. Sie sieht mich an, lacht, nimmt ein Eisstück in die Hand. Darauf ritzt sie mit einem spitzen Gegenstand die Konturen eines Vogels. Hält dann das Eisstück dicht an ihren Mund, haucht es an. Der Eisvogel verschwindet langsam. Ein wenig Wärme, und das Kunstwerk ist fort.

Bedeutet?

Im letzten Jahr sind Pinons Träume hinzugekommen. Sie werden immer intensiver. Oft sind sie vermischt mit den alten. Er ist eine kleine Kamerakugel, die in mich hinabgesenkt wird, betrachtet mich und meine alten Träume von innen, freundlich und kritisch.

Danach spricht er zu mir durch Maria.

Ein Beispiel: ein sehr kurzer Traum mit Pinon. Wir gehen plötzlich Hand in Hand auf einer Straße in einer fremden Stadt. Ich scheine im Traum sehr klein zu sein, ein Junge, aber dennoch ist unser Verhältnis unklar: ist das Kind Vater, oder ist der Vater Kind? Ich kenne alles, befinde mich mitten im Traum, der vollkommen selbstverständlich und zugleich neu ist. Im Traum wendet sich Pinon mir zu, wendet seinen Kopf mit der mächtigen Grubenlampe mir zu, ich kann Marias Lippen sich bewegen sehen, aber höre noch nichts.

Verstehe jedoch: mir ist verziehen.

Barmherzigkeit. So einfach kann es sein.

Wir waren nur vier Personen, einschließlich des Pastors, als der Junge begraben wurde. Der Pastor, ich selbst, K und seine Frau.

Drei Angehörige, könnte man sagen, mit gewissem Unrecht. Angehörige. Aber hatte er keine anderen, also keine richtigen?

Uppsala Friedhof, der westlichste und neuste, wo die Bäume noch nicht hochgewachsen sind und die Ebene anfängt, und wo, so habe ich immer geglaubt, kein Toter leben will; es fiel ein warmer, klebriger Regen, der langsam nachließ, der Pastor wußte offenbar nicht, wen er beerdigte, sondern hielt die Standardrede für zu früh hinweggeraffte junge Menschen, vermute ich, ein unbeschreibliches Geschwafel über das Schreckliche daran, daß das Leben eines jungen Menschen verloren ist.

Ich stand schräg hinter K und sah ihn an. Er weinte nicht

und sang das Lied nicht mit, und ich dachte daran, wie unerhört er dieses Kind gehaßt hatte, oder wie man die Leiche dort unten nennen mochte, doch, Kind, wie furchtbar er diesen Jungen einmal gehaßt hatte, mit einer kalten, verzweifelten Wut, die ich nie vergesse.

Und dann: das Unbegreifliche in seiner Liebe.

Seine Frau hatte vielleicht recht. Ich verstehe nicht viel. Aber ich versuche es, zum ersten Mal ernsthaft. Das hätte sie immerhin einsehen müssen.

Ein junger Mensch hinweggerafft. Es kam mehr von der Art: über das Grausame und Ungerechte und dann ein Lied und knallpeng das Gesangbuch zu, und es war vorbei.

Ich frage mich, was passiert wäre, wenn ich darauf hingewiesen hätte, daß dieser von eigener Hand gestorbene junge Mensch praktisch auch zwei junge, nun also tote, Menschen ums Leben gebracht hatte.

Keine Angehörigen, nur wir. Sie schämten sich wohl. Ich frage mich im übrigen, ob es Angehörige gibt. Angehörig werden, das ist schwerer, das ist keine Biologie. Doch, wir waren wohl Angehörige, wenigstens einer von uns.

Die Katze sitzt auf dem Fußboden, anderthalb Meter von mir entfernt, betrachtet mich. Gehe ich ins nächste Zimmer, folgt sie mir, setzt sich im gleichen Abstand. Versuche ich, sie zu streicheln, weicht sie aus.

Sie kann nicht ohne mich leben, sie kann sich nicht berühren lassen. Einfacher als das ist es nicht. Wer hat gesagt, daß es einfach sein soll.

Man hatte den Jungen tot in seiner Zelle gefunden. Er hatte eine Plastiktüte über den Kopf gezogen und zugedrückt; und so gut war es ihm diesmal gelungen, seine Tüte zu verschließen, daß die schädliche Luft diese Hülle nicht sprengen und ihn mit ihrem Gift füllen konnte.

Man hatte K angerufen. Er rief mich an. Als ich kam, waren er und seine Frau da. Es war sehr still, nichts besonderes, man sah ja, wie es abgelaufen war. Die eine Hand hatte er am Ende heftig gegen die Wand geschlagen, aber trotzdem war es ihm gelungen, den Griff der anderen nicht zu lockern. Ich wollte nichts sagen, die anderen auch nicht. Ich nahm an, daß es genügend Fragen gab, vage und sinnlose, wozu dieses Menschenleben eigentlich gedient hatte, und was es hieß, Mensch zu sein; keine guten Fragen, und weiß man die Frage nicht, dann ist es schwer. Dies hier war ja nicht gerade Mathematik, es war nicht möglich, eins und eins zu addieren, auch wenn wir alle gewollt hätten, daß es so wäre.

Ich habe übrigens eingesehen, so nach und nach, daß nicht alles im Leben Mathematik ist.

Er lag da und sah nett aus, das blonde, früher immer gut gekämmte Haar war zerzaust.

Ja, und dann das Gesicht.

Wir saßen da und sahen einander an. Ich nehme an, sie wollten, daß ich für sie eine Frage formulieren würde, eine die zu beantworten wäre, aber so einfach ist es ja nicht.

Eine Frage, die den Jungen, K und seine Frau, Ruth, Pasqual Pinon, Maria – und in gewisser Weise mich selbst umfaßte, wenn nun Heisenberg recht darin hat, daß der, welcher sieht, das Bild zerstört.

Also: dies hier ist die Frage, wenn auch deformiert.

Ich kenne K und seine Frau seit über zwanzig Jahren. Er ist Arzt an der gerichtspsychiatrischen Klinik am Ulleråker Krankenhaus in Uppsala, jetzt von seiner Frau geschieden.

Es ist übrigens zweifelhaft, ob man jemals geschieden werden kann.

Vor über drei Jahren wurde sie geisteskrank, was das Wort auch bedeuten mag, oder hatte auf jeden Fall einen schweren Zusammenbruch. Sie sind geschieden, aber in gewisser Weise kann man sie jetzt als seine Patientin betrachten, was ja eine perverse Situation ist. Aber die Situation ist ja pervers.

Seit zwanzig Jahren kenne ich sie und habe kein bißchen verstanden.

Ich selbst bin davon überzeugt, daß sie vollkommen gesund ist. Er kann sich nicht freimachen von ihr. Er hat mir erzählt, daß sie ihn oft anruft, er weiß, daß sie es ist, obwohl sie kein Wort sagt. Das tut auch er nicht. Merkwürdig ist, daß beide es zu akzeptieren scheinen. Er verabscheute sie, ließ sich scheiden, und sie hat ihn auf eine Art und Weise gehaßt, die ich nicht für möglich gehalten hätte. Jetzt ruft sie an, und sie stehen da und schweigen mit dem Telefonhörer am Ohr.

Er sagt, es sei eine Art Mitteilung, wenngleich nicht mit Worten. Wenn es eine wortlose Mitteilung ist, begreife ich nicht, wozu sie das Telefon brauchen, ehrlich gesagt. Ein wortloser Gesang, sagt er. Manchmal schmutzig, manchmal rein.

Ich verstehe mich nicht auf sie. Hätten sie Worte gehabt, wäre der Junge heute nicht tot, und mir wäre dies alles erspart geblieben.

Mrs. Portitz mag mich nicht mehr.

Ich habe die Geschichte von Pinon und seiner Frau von zwei Seiten, aber sie ist die wichtigste. Ich kannte einmal ihre Enkelin, Katherine, die mir ein Poster schenkte, auf dem zwei Marienkäfer dargestellt waren, und ein Gedicht dazu. Sie erzählte, daß ihre Großmutter einen sehr sonderbaren Patienten gehabt habe. Ich schrieb an sie und erkundigte mich, es kam eine Anzahl von Briefen, die schließlich aufhörten.

Sie mag mich nicht mehr, ich werfe es ihr nicht vor. Der letzte Brief ist in kurzem Ton gehalten. Sie hat das Interesse verloren oder ist mißtrauisch geworden. Ich habe vielleicht etwas Falsches geschrieben. Sie will sich von ihrem Auftrag lösen, schreibt sie, geradeso als hätte ich ihr einmal einen Auftrag gegeben. Übrigens – von gewissen Aufträgen kann man sich nicht lösen, jedenfalls nicht ich von Pinon.

Jetzt nicht mehr. Nicht nach dem, was jetzt geschehen ist.

Der Brief in kurzem Ton. Sie schreibt, sie habe alles gesagt, was sie wisse, daß es keine weiteren Auskünfte gebe über die hinaus, welche sie bereits geliefert habe. Sie habe Pinon während des letzten Jahres gepflegt, es sei ein erschütterndes Erlebnis gewesen, danach habe er nicht mehr unter ihrer Obhut gestanden, da er gestorben sei, und sie sei vom Krankenhaus entlassen worden.

Mehr gab es nicht zu sagen. Sie scheint zu bedauern, daß Katherine mir einmal erzählt hatte, was sie wußte. Aber der Fall liegt jetzt fünfzig Jahre zurück, sie kann sich unmöglich an mehr erinnern.

Der feindliche Unterton des Briefes erstaunte mich. Sie

sagt, sie verstehe nicht mein hartnäckiges, beinah krank-
haftes (»depraved«) Interesse für ein seit fünfzig Jahren
totes Monster, welches sie im übrigen selbst nicht als
Monster betrachte (hatte ich je das Wort Monster in den
Briefen an sie benutzt?). Irgendwelche wissenschaftlichen
oder sozialmedizinischen Absichten könne ich ja nicht
haben, schreibt sie.
Und das stimmt wohl. Darin hat sie recht.
»Doch«, schreibt sie in einem P. S., »sende ich hiermit als
definitiven Abschluß unserer Korrespondenz eine Photo-
grafie von Pasqual und seiner Frau. Ihre ergebene Helen
Portitz.«
Die Photografie ist die übliche, die stets wiedergegeben
wird und sich auch auf dem Umschlag von John Shidelers
Biographie »A Monster's Life« (Boston 1934) befindet.
Ich besaß sie schon.
In dem Brief kein Wort über Pinons Kind.

Wache oft früh auf, schreibe Tagebuch, während das Licht
langsam über den See herankriecht. Das Herz wie ein
Sandsack, es ist am einfachsten so.
Glaubte eines Nachts, ich hätte lange geschrieben, erinnere mich, daß ich einen Besen nahm und den Fußboden unter einem Benjaminfikus in der Ecke fegte. Täglich fielen Blätter ab, er war krank, oder er folgte dem
Wechsel der Jahreszeiten, obwohl er drinnen stand. Wer
weiß.
Bald ist er tot, ruht in seinem Tod wie ein Vogel. Zum
Frühjahr vielleicht neue Blätter. Das ist ja eine Art Hoff-

nung, was weiß ich, wie Bäume denken, wo ich kaum weiß, wie ich selbst denke.

Schlief danach wieder ein. Las später im Tagebuch, was ich während der Arbeit von Stunden geschrieben hatte. Fand nur ein Wort: »Gastroskopie«.

Weiß sogleich, was das ist. Eine Routineuntersuchung der Magenwand, ich habe es einmal mitgemacht, im Akademischen Krankenhaus in Uppsala. Eine Art Untersuchung mit einem Mikro-TV. Ich konnte alles in der Seitenoptik verfolgen.

Zuerst betäubte man den Hals, ich lag auf der Seite, den Schlauch mit der Seitenoptik am linken Auge befestigt: und dann führte man die kleine, kugelförmige TV-Kamera durch die Kehle ein. Sie hatte einen Durchmesser von vielleicht anderthalb Zentimetern, doch es ging leicht, sehr leicht, und ich konnte alles in Direktaufnahme sehen, alles, in Farbe, alles zusammen.

Alles zusammen sehen, mit einer plötzlich wachsenden trockenen, leichten, eigentümlich ekstatischen Erregung.

Zuerst glitt die Kamera hinab durch einen gewaltigen, fast unendlich tiefen Schacht, einen Brunnen mit fast weißen, schwach ringförmigen Wänden; doch der Brunnen hatte einen Boden, eine Art Fischmund mit weichen schleierähnlichen Lippen, die langsam nachgaben, und das Auge sank dem Fischmund entgegen, der sich fast lockend öffnete und keine Zähne hatte und nur nachgab, fast wie ein Streicheln gegen das Auge, ein vorüberfließendes System von Lippen und Schleiern, die sich an die Seiten des Auges schmiegten.

Und dann, plötzlich, befanden wir uns in der Grotte.

Es war eine gigantische Grotte, eine gewaltige unterirdische Grotte mit blauweiß schimmernder Decke mit weich einfließenden rotweißen Tönen, sie erhob sich in einem gewaltigen Bogen über dem See, der den Boden der Grotte bedeckte: ein Meer war es eher, ein gelb brodelndes schleimartiges Meer, das sich bewegte und sich verwandelte, ein Solarismeer, ein Meer, das, wenngleich stumm, zu sprechen schien, in anderen Formen als denen, die ich verstehen und deuten konnte. Dann fing das Auge wieder an, sich zu bewegen, sehr langsam und dicht über diesem lebenden Meer, das versuchte, mir etwas mitzuteilen, das ich nicht verstand, doch ich wollte es wissen, ich wollte wissen. Aber das Auge bewegte sich immer weiter, dicht dicht über der Meeresoberfläche, sank langsam hinab zum jenseitigen Ende der Grotte, wo man einen Eingang sich abzeichnen, einen Mund sich bewegen sah, genau wie alles andere sich bewegte und pulsierte und sprach. Und da, plötzlich, zum ersten Mal, und mit einer so unerhörten Kraft, daß sie mich beinah tötete, begriff ich, daß ich mich in mir selbst befand.

Genau da, in diesem Augenblick, sah ich mich selbst. Allerdings nicht wie gewöhnlich, nicht das, woran ich mich gewöhnt hatte und was vielleicht wahr war, aber nur vielleicht, weil ich mich daran gewöhnt hatte, nein nicht wie gewöhnlich. Ich sah. Dies hier war nicht nur ein Mensch, Anatomie, sondern das war ich selbst.

Dies war ich. So sah ich aus. Was sich da bewegte, pulsierte, anschwoll und absank und mit lautlosen Lippenbewegungen sprach, das war ich selbst. Ich war naiv gewesen, hatte alles als selbstverständlich hingenommen. Zum ersten Mal sah ich jetzt mich selbst, ein Stück von mir selbst zwar, aber auf die gleiche Art und Weise, wie ich das andere auch hätte sehen sollen, das andere, das ich war.

Zum ersten Mal. Keine Mathematik.

Ich lag in einem Zustand absolut gelähmter Stille, erinnere mich nicht besonders an das, was weiter geschah. Das Auge sank hinab durch den unteren Mund, durch rote schwankende Gewächse, die sich an die Augenwände schmiegten; dann stiegen wir wieder, hinauf durch die Riesengrotte und weiter durch den elfenbeinweißen Schacht. Ich vermute, daß Proben entnommen wurden. Vielleicht taten sie das. Doch weil ich eine Reise unternommen hatte, zwar nicht zum Mittelpunkt der Erde durch die Hekla, sondern nur ein Stück von mir selbst gesehen hatte, was etwas sowohl Geringeres als auch Größeres war, erinnere ich mich nicht richtig.

Dann war es vorbei. Nachher lag ich lange auf der Untersuchungsbank und blickte starr zur Decke hoch, und eine Schwester beugte sich über mich und fragte, ob ich mich wohl fühlte. Und ich nickte. Doch. Das sollte ich wohl.

Während einiger Minuten war ich von mir selbst wahrgenommen worden. Hätte beinah mich selbst gesehen, auf die Weise, wie andere mich die ganze Zeit sahen, aber ohne davon zu erzählen. Das war das Erschreckende. Was ich gesehen hatte, war das Physische, aber doch nicht nur. Ich wollte heraus aus meiner Lähmung, konnte mich aber nicht rühren. Ich lag allein im Zimmer und dachte, daß dies also auch ich war. Ein Stück vom Innersten, aber nur das Physische, dennoch nicht der tiefste Grund. Wenn dies ich war, gab es sicher auch etwas anderes, vielleicht Kontinente von etwas anderem: ein weiterer Mund, der sich öffnen und ein Auge hindurchgleiten lassen würde, noch einer und noch einer.

Alles war möglich. Was ich gesehen hatte, war nur der Anfang. Und ich fühlte, wie das Herz schlug und schlug.

In der letzten Zeit schlafe ich selten nach vier Uhr morgens. Warum sollte ich das?

Wenn ich wach bin und am Fenster sitze und die Morgendämmerung über den See herangleiten sehe, schreibe ich Wörter auf. Kleine Kodewörter, um langsam eine heimliche Sprache aufzuzeichnen für die Wirklichkeit, die ich so gut kenne und vorher nie verstanden habe.

An diesem Morgen das Wort »der Schwimmer«.

Ich weiß sofort, was es ist. Es ist ein Film, den ich einmal gesehen habe, ein sehr schlechter, er hieß »Der Schwimmer«, ich glaube mit Burt Lancaster. Ich kam fünf Minuten zu spät und verstand am Anfang den Zusammenhang nicht, aber die Geschichte schien die zu sein, daß ein Mann, in Kalifornien, sich plötzlich einige Kilometer von seinem Haus entfernt befindet. Zwischen ihm und zu Hause liegt eine Reihe anderer Villen, alle mit Pool. Da beschließt er, nach Hause zu schwimmen, von Pool zu Pool, durch alle die Dutzende von Poolen, die seinen Nachbarn und Freunden gehören.

An jedem Pool trifft er einen Freund oder eine Freundin oder frühere Geliebte. Mit allen führt er Gespräche. Im Verlauf des Films wird jedoch der Ton der Freunde immer feindseliger, haßerfüllter; es geschieht unmerklich, aber es geschieht. Plötzlich – das Wort plötzlich scheint in meiner Erinnerung ständig wiederzukehren, als sei es der bedrohliche Schlüssel zu dem, was geschieht – plötzlich scheinen die Gesichter aller Freunde tief feindlich zu sein. Man kann sich fragen, ob sie ihn wirklich einmal gemocht haben. Oder – man kann sich fragen, ob er sich jemals selbst gesehen hat.

Ich erinnere mich, daß es ein sehr schlechter Film war, an den ich mich im Gegensatz zu anderen schlechten Filmen gut erinnere. Und zutiefst erschreckend. Erinnere mich nicht an den Schluß. Das Erschreckende hat mit dem Risiko zu tun, plötzlich gesehen zu werden, oder vielleicht mit dem Gegenteil.

Sind das zwei identische Standpunkte? Der Schrecken, gesehen zu werden, und der Schrecken, nicht gesehen zu werden?

Lag auf der Untersuchungsbank, blickte zur Decke hoch, und das Herz schlug und schlug.

Ein einziges Mal früher, glaube ich, habe ich mich selbst gesehen. Es war ein sehr kurzer Augenblick, als ich sechzehn Jahre alt war.

Ich habe keine Erinnerungen an meinen Vater, weil er starb, als ich sechs Monate alt war. Es war im März; nachher ließen sie Mama unten beim Hobelwerk aussteigen, und sie stapfte durch den Schnee hinauf zum Waldrand, wo das Haus lag. Es war später Abend und das Haus war dunkel, und ein Nachbar, der einen Kilometer entfernt wohnte, hatte mich zu sich geholt, als es zu Ende ging. Jemand im Dorf hatte einen Monat vorher prophezeit, daß drei Männer sterben würden, und drei Männer starben: er hatte geträumt, daß drei Kiefern fielen, und war aufgewacht und hatte verstanden. Das war das Zeichen. Alles dort oben war voll von heimlichen Zeichen, die gedeutet werden konnten, aber ich denke manchmal, daß diese norrländischen Holzfäller gar nicht anders konnten als jede Nacht von fallenden Bäumen zu träumen; Bäume fielen ja die ganze Zeit. Wir hatten einen Nachbarn, der unter eine Kiefer gekommen war und zwanzig Stunden festgeklemmt im Tiefschnee gelegen hatte, und man fand ihn, erfroren. Er hatte den rechten Arm frei gehabt und mit dem Finger im Schnee eine letzte Nachricht gezeichnet: HERZLIEB MARIA ICH, weiter hatte sein Arm nicht gereicht. Bäume fielen ständig, doch nicht alle Bäume hatten Bedeutung; man lernte, zwischen Traum und Traum zu unterscheiden.

Der Chauffeur, es war Marklin, hatte beim Hobelwerk angehalten und nach hinten in den Bus gefragt, ob nicht jemand da wäre, der sie hinaufbegleiten könnte, aber sie hatte nicht gewollt.

Als ich sechzehn war, sah ich zum ersten Mal das Leichenbild meines Vaters. Es lag bei den anderen Photos, die ich früher gesehen hatte. Einige davon hatte ich gemocht, andere hatte ich nicht verstanden. Es gab ein Bild von ihm auf dem Rasen, das Kaffeetablett vor sich, er im besten Cheviotanzug, weißes Hemd an und ein eigentümlich leichtsinniges Funkeln im Auge, das nicht mit dem Bild übereinstimmte, das ich mir von ihm machen wollte, es paßte nicht. Ich hatte beschlossen, daß der Grund seines Wesens auch der Grund meines Wesens sein sollte, und es war etwas in diesem Bild, das nicht paßte. Wenn er abends vom Wald nach Hause kam, hatte er Verse auf einen Notizblock geschrieben, als er starb, wurde der Block verbrannt, denn Verse waren Sünde. Das stimmte, so weit.

Und dann plötzlich, als ich sechzehn war, hatte ich das Leichenbild gesehen.

Es war dort oben Brauch, die Leichen zu photografieren, wenn sie im Sarg lagen. Manchmal rahmte man die Bilder und stellte sie auf den Sekretär, eine Art horizontale Potraits, västerbottnische Katakomben. Aber von meinem Vater hatte ich nie ein Leichenbild gesehen. Dann, plötzlich, fand ich es, in einem weißen Umschlag.

Ich werde mich immer daran erinnern. Es war wie ein Schlag ins Gesicht. Ich starrte auf das Bild, wie gelähmt, weil ich zuerst nicht begriff, wer es war. Ich hielt das Photo in der Hand und glaubte, daß ich mich selber sähe. Das war doch ich, der dort lag, kein Zweifel, es war so ähnlich, Irrtum ausgeschlossen. Jeder Zug war ich. Das mußte ich sein. Nur eins verstand ich nicht: warum lag ich in einem Sarg.

Dann begriff ich, daß es mein Vater war.

Ich werde mich immer an diese Sekunden erinnern. Es war das erste Mal, daß ich mich selbst sah. Ich war sechzehn Jahre alt, und es sollte dreißig Jahre dauern, bevor ich mich zum zweiten Mal sah.

III
Der Gesang von der Stirnlampe

Der Junge sah zu K auf, sie gingen Hand in Hand durch den Krankenhauspark von Ulleråker, als wäre der Junge Vater und K ein Kind, und der Junge betrachtete ihn die ganze Zeit aus seinem unerhörten Schrecken heraus, und seine Augen sagten: es macht nichts. Ich verzeihe dir.

Obwohl es umgekehrt hätte sein sollen. Barmherzigkeit. So einfach kann es sein.

Ich habe einmal geglaubt, daß die Geschichte ein Strom wäre, daß alles ein Strom wäre, der sich vorwärtsbewegte, majestätisch, ruhig, wie eine unerhörte Erzählung, wo alles unerbittlich vorwärts führt, dem Meer zu.

Aber das ganz und gar Unvereinbare, das, was die schwerste und am schwersten zugängliche Einsicht gibt, das ist kein Strom, das führt nicht unerbittlich vom einen zum anderen.

Es muß mit Wachsamkeit betrachtet werden, bis, plötzlich.

K's Frau wurde am 12. Oktober 1981 ins Krankenhaus Ulleråker eingeliefert, demselben Abend, an dem ihre Tochter ermordet wurde.

Die Geschichte ist folgende.

Ein Jahr zuvor hatten sie sich formell scheiden lassen; davor hatten sie ein weiteres Jahr getrennt gelebt. Sie hatte das Sorgerecht für das Mädchen bekommen, das damals acht Jahre alt war. Die Scheidung war nicht angenehm, ich sah sie aus nächster Nähe, man kann sagen: sie war brutal oder haßerfüllt, ich weiß nicht, wie man sie beschreiben soll. Einige Monate, nachdem K. zu Hause ausgezogen war, las seine Frau einen Artikel über einen jungen, offensichtlich psychopathischen Mörder, der in die geschlossene Abteilung in Säter eingewiesen worden war. Er war damals 22 Jahre alt und hatte den Namen »der Wolf von Säter« bekommen. Er war ein intelligenter, empfindsamer und allgemein beliebter Junge, der gerade seinen Militärdienst abgeleistet hatte; er hatte ganz unerklärlich, und anscheinend ohne Grund, ein sechsjähriges Mädchen umgebracht.

Er hatte sie plötzlich ums Leben gebracht. Konnte nicht erklären warum. Keinerlei sexuelle Motive schienen vorzuliegen, er hatte sich nicht an ihr vergangen. Er hatte sie nur ums Leben gebracht.

Er wurde in Säter interniert.

Nach einiger Zeit verbreitete sich jedoch unter seinen Mitinsassen das Gerücht, er hätte das Mädchen vergewaltigt und es danach erwürgt. Eines Nachts, zwei Monate nach seiner Einlieferung, kamen zwei seiner Mitinsassen in seine Zelle. Er hatte sich bis zu diesem Zeitpunkt geweigert, mit irgendjemandem zu sprechen. Zur Sache gehört, daß Sexualmörder von Kindern – er war keiner, aber man glaubte das – in jener Schicht der Hölle leben, die auch in Gefängnissen und Nervenheilanstalten die unterste ist. Sie bewegen sich in einer Schattenzone, ganz für sich allein, in einer Verachtung seitens der Mitgefangenen, die nicht ihresgleichen hat.

Zwei Mann drangen in seine Zelle ein.

Sie waren vermutlich betrunken oder narkotisiert, sie

wollten ihm eine Lehre erteilen, sie hatten sich über ihn geworfen und ihn festgehalten und ein Kissen auf sein Gesicht gedrückt und geflüstert, nun würde er eine ganz spezielle Lehre erteilt bekommen, fürs Leben, was nun dieses Leben wert sein mochte. Und dann hatten sie ihm die Hosen heruntergezogen. Und ihn gezeichnet. Oder, wie es im Untersuchungsprotokoll heißt, mit einem Messer schwere Verletzungen am Unterleib beigebracht.

Als die Wärter gerannt kamen, saß er allein im Bett und schrie, eigenartigerweise mit einem Laken um den Kopf gewickelt. Als ob er sich geschämt hätte, wie einer der Wärter die Sache ausdrückte. Es wurde eine Menge über den Fall geschrieben. Warum er den Namen »der Wolf von Säter« bekommen hatte, weiß niemand. Er sah nicht aus wie ein Wolf. Es gibt schlimmere Verbrechen als das, welches er begangen hatte. Es war kein Sexualverbrechen. Es war nur unerklärlich, was vielleicht das Erschreckende war.

K glaubte, daß es gerade das Unerklärliche an der ganzen Geschichte war, was seine Frau dazu veranlaßte, mit dem Jungen in Briefwechsel zu treten. Als er nach Ulleråker verlegt wurde, besuchte sie ihn.

So fing es an.

Notiere im Tagebuch: Eisgrab.

Muß sein: der tote Finn Malmgren in seinem Eisgrab. Sie waren auf dem Marsch nach Süden, um Hilfe herbeizuholen. Seine zwei italienischen Kameraden hatten ein Eisgrab ausgehauen, ihn von einem Teil der Kleidung befreit und ihn, noch lebend, seinem Schicksal überlassen. Es war gerade dieses Bild, das sich mir als Kind am stärksten ins Bewußtsein einätzte: ich stellte mir vor, wie ich Finn Malmgren in seinem Eisgrab wiederfände, tot, und wie eine dünne Eishaut sich um seinen Körper gebildet und seinen Kopf und das Gesicht bedeckt hatte, wie er dort mit offenen Augen lag und durch die Eishaut hindurch senkrecht nach oben starrte, wie er gestorben war, und wie er dort hoch oben vielleicht einen Albatros gesehen hatte, einen riesigen weißen Vogel, der kreiste und kreiste, wie ein schwacher weißer Schatten hinter der Eishaut.

Ein so manisch wiederkehrendes Bild. Ein so lustvoller Schrecken, hinter einer Eishaut zu leben und zu sterben. Mehr Lust als Schrecken, vielleicht.

K's Dienstzimmer geht auf den Krankenhauspark hinaus. Von seinem Fenster aus kann er sehen, wenn sie kommt. Ihr Verhältnis ist nicht normal. Aber was ist andererseits noch normal.

Seine Frau ist eingewiesen, will eingewiesen sein, ich bin nicht sicher, ob sie es sein muß. Man könnte sagen: sie kapselt sich ein in ihrer Einweisung und versteckt sich in ihr. Wenn sie K treffen will, kommt sie, immer in ihrem grünen Regenmantel, und steht still unter den Bäumen und sieht zu seinem Fenster hinauf. Und er selbst steht dort hinter der Gardine, und nach einer Weile, wenn sie sicher ist, daß er sie gesehen hat, geht sie hinüber zum Pavillon 32, in den Kellerraum, und sie weiß, er wird kommen.

Es ist sehr schwer, das Anomale zu verstehen, obwohl es so gewöhnlich ist; die rationale Bosheit ist handhabbar, aber die grundlose nicht, ich kenne K und seine Frau seit über zwanzig Jahren, aber ich verstehe ihre Besessenheit nicht. Ich verabscheue sie außerdem, immer mehr. Sie hassen einander sehr und kommen nicht los voneinander.

K hat erzählt, was geschieht. Sie geht hinunter zu einem Geräteverschlag im Pavillon 32, im Keller, einem Raum, wo Jutesäcke und Rasenmäher aufbewahrt werden. Dahin geht sie. Dahin folgt er.

Dann legt sie sich auf die Jutesäcke, links von den Rasenmähern, und zieht ihren Schlüpfer aus. Und kurz darauf kommt K. Und dann lieben sie sich.

So ist es. Sie ist krank. Er haßt sie. Sie lieben sich.

Der Junge – sie nennen ihn aus irgendeinem Grund nur den Jungen – wurde nach Ulleråker verlegt. Sie besuchte ihn und war nach einer Weile – ja ich weiß nicht, was sie war. Sie weiß es auch nicht. Ich glaube, es kann als eine Art Verliebtheit beschrieben werden.

Auf irgendwelche Weise. Ich lebte in jenem Jahr im Ausland und verfolgte die Geschichte nicht aus der Nähe. Nicht aus gleicher Nähe wie später jedenfalls. Nicht wie jetzt.

Was geschah, ist folgendes. Der Junge fing an, Ausgang zu bekommen. K's Frau wohnte in der Skolgatan, zusammen mit ihrer Tochter, sie traf den Jungen immer regelmäßiger. Sie sagt, sie habe ihn geliebt, er bekam einen eigenen Schlüssel zu der Wohnung. An einem Freitag im Oktober 1981 kam er ein paar Stunden früher als erwartet, nur das Mädchen war zu Hause, und sie hatte ihn im übrigen sehr gern. Sie spielten zusammen wie zwei Kinder, der Junge war zu früh gekommen, und in der Wohnung war nur das Mädchen, und sie fingen an, ein Puzzle zu legen, und sie hatten ungefähr eine halbe Stunde Puzzle gelegt, es war das Schwedenpuzzle, das große, und nach einer halben Stunde hatte er sie plötzlich erwürgt. Er hatte sie erwürgt. Das ist wahr. Er hatte sie erwürgt.

Keine sexuelle Gewalt.

Es gab keine Gründe.

Als K's Frau mit einer Tragetasche vom Alkoholladen in der Skolgatan nach Hause kam, hatte er mit angezogenen Beinen und den Armen um die Knie auf dem Ausziehsofa gesessen, das Zimmer hatte im Halbdunkel gelegen, und er hatte den Plattenspieler laufen lassen.

Er hatte Rod Stewarts »Sailing« gespielt, anscheinend immer wieder, er streckte nur den Arm aus und ließ es von neuem spielen, und das Zimmer hatte gedröhnt von »Sailing«. Sie hatte den Ton leiser gestellt und gefragt, wie es ihm ginge, aber keine Antwort. Nichts. Er hatte nur bei »Sailing« mitgesummt. Und da hatte sie die Tasche des Mädchens gefunden und gefragt, ob sie hinausgegangen sei, und er hatte nichts gesagt, und sie hatte noch einmal gefragt und noch einmal.

Und schließlich hatte er zu ihr aufgesehen mit einem Blick so voll von Entsetzen, daß sie es nie vergessen würde, er sollte sich für immer in sie einbrennen und sie verbrennen und die Jahre, die kommen sollten, zu einer Hölle machen und alles in ihr verbrennen. Und da hatte sie angefangen zu schreien und sich aufs Telefon geworfen und K angerufen.

Die Platte war zu Ende, doch diesmal hatte er sie nicht wieder angestellt. Sie rief an; und K kam.

Er hat das Wesentliche erzählt, aber keine besonderen Details. K war gekommen und hatte angefangen, nach dem Mädchen zu suchen. Sie lag in dem Ausziehsofa, auf dem er gesessen hatte. Sie war tot. Er hatte sie erwürgt, sie ins Ausziehsofa gesteckt, sich daraufgesetzt und angefangen »Sailing« zu spielen.

So war es gewesen. Eigenartigerweise hatte K seine Frau geschlagen. Nicht den Jungen.

Ich verstehe ihn, auf eine Weise.

Es ist kein Vergnügen, über Haß zu schreiben, oder ihn zu sehen.

Als das Ganze vorüber war, zwei Tage nachher, sah ich K zum ersten Mal. Diese Besessenheit, mit welcher er beschrieb, was er mit dem Jungen machen wollte, diese beinah lustvolle Vertiefung in die Einzelheiten der Rache.

Wenn ich daran denke, was später geschah, begreife ich nicht viel. Doch, ich vergesse eins: einen Unterton. Unausgesprochen, doch ständig gegenwärtig klang bei K der Vorwurf durch, daß seine Frau dies mit kalter Berechnung getan habe. Um sich an ihm zu rächen, weil er gegangen war, habe sie mit dem Jungen Kontakt aufgenommen. Wohl wissend, was geschehen würde. Eine Art Mord mit Stellvertreter, absolut unmöglich aufzudecken, aber ein

Mord. Eine Rache. Sie wußte ja, daß K das Mädchen liebte.

Natürlich absurd. Doch ich frage mich, ob sie es nicht empfindet wie einen Gesang, einen bösen Gesang, der in der Luft hängt, wenn sie da steht mit dem Telefonhörer am Ohr und nichts sagt. Und dann treffen sie sich im Keller mit den Jutesäcken und den Rasenmähern und schlafen miteinander, oder lieben, wie es heißt.

Es ist wahr, was sie mir ins Gesicht schrie, daß ich nicht begreife. Man soll nicht versuchen, Liebe zu erklären. Aber wenn man es nicht versuchte, wo stünden wir dann?

Heute nacht im Traum kurzes Gespräch mit Ruth B. Sie schien anklagend: ich verteidige mich heftig. Gab zu: ich glaube, es stimmt, daß ich feige gewesen bin. Aber zum ersten Mal in meinem Leben versuche ich jetzt, ernsthaft.

Sie zweifelnd. Ich wiederholte: das tue ich. Das ist wahr.

Sie hatte die Hutschachtel bei sich wie gewöhnlich. Im Traum hat sie immer die Hutschachtel mit Brechts Kopf bei sich.

Es ist merkwürdig, daß sie selbst nie etwas wurde. Nur die kleine Sammlung von Erzählungen unter einem Pseudonym. Und dann die Briefe natürlich. Ich frage mich, was sie über Pinon geschrieben hätte. Ich frage mich, was sie über Pinon geschrieben hätte.

Die letzten Jahre in Berlin war sie ständig betrunken und sehr unangenehm und überhaupt nicht wie früher, und sie durfte Brecht nicht besuchen, oder er war nicht zu Hause, obwohl sie doch wußte, daß er zu Hause war. Sie wußte nämlich, wenn sie nur mit ihm sprechen könnte, würde er begreifen, daß sie untrennbar waren. Und als sie einmal versuchte, im Foyer des Berliner Ensembles mit ihm zu sprechen, in der Pause bei einer Premiere, hatte er sich geweigert, ihr zu antworten, und da hatte sie ihm öffentlich ins Gesicht gespuckt.

Alle sahen zu. Man redete viel über sie.

Er brauchte sie nicht mehr. Dennoch erinnerte sie sich sehr deutlich, wie einsam er gewesen war, in früheren Tagen, und daß sie ihn einmal ganz allein im Garten in der Dunkelheit hatte stehen sehen, er hatte gepißt und geweint und gemurmelt, daß nur der Hund und Ruth ihn verstünden. Die anderen hätten nur Rollen haben wollen. Er hatte unter der Birke gestanden und das gesagt. Aber im Foyer hatte er sich geweigert, etwas zu sagen, und da hatte sie gespuckt.

Sie kamen nie voneinander los.

Als er starb, und ihr wieder gestattet war, ihre Gefühle für ihn zu benutzen, war es in gewisser Weise wieder eine so schöne Zeit geworden. Er war tot, sie lebte, aber sie fühlte sich sowohl merkwürdig frei als auch ihm nahe.

Es war eigentlich ihre allerbeste Zeit, als er tot war.

Sie ließ einen Gipskopf von ihm anfertigen, der nach seiner Totenmaske gearbeitet wurde. Diesen Kopf trug sie später immer bei sich. Immer immer.

Sie hatte ihn in einer Hutschachtel. Als sie wegen ihres
weit fortgeschrittenen Alkoholismus in der Nervenheilanstalt in Ost-Berlin behandelt wurde, versuchte sie,
kleine Stücke für die Mitinsassen aufzuführen, immer mit
Brechts Kopf in der Mitte des Tisches.

An den Abenden konnte man sie in ihrem Bett sitzen
sehen, der Deckel der Hutschachtel war abgenommen,
aber sein Kopf immer noch in der Schachtel, sie unterhielt
sich leise und aufrichtig mit ihm, doch manchmal erregte
sie sich und überhäufte ihn mit Vorwürfen und Beschimp-
fungen; es gab Gelegenheiten, da fand sie sein Verhalten
unentschuldbar und schlug den Deckel der Hutschachtel
zu und stopfte die Schachtel ganz oben in einen Kleider-
schrank und drohte heftig fluchend damit, ihn nie mehr
hervorzuholen.

Das Personal wußte ja, wer sie war, und ließ sie gewäh-
ren.

In der Regel hatte sie ihn jedoch hervorgeholt, den
Deckel abgenommen; manchmal ließ sie ihn aus der
Hutschachtel herauskommen. Dann war sie meistens etwas betrunken, was den Ärzten ein Rätsel war, denn sie
hatte absolutes Alkoholverbot: man nahm ihr sofort die
Flasche weg, wenn es ihr gelungen war, sich eine zu be-
schaffen. Dennoch saß sie dort schluchzend und leicht
schwankend vor der Schachtel mit seinem Kopf, kleiner
Brecht, hörte man sie sagen, kleiner Brecht, du warst
trotz allem doch ganz lieb, nur ich und der Hund haben
dich richtig geliebt, die andern wollten nur Rollen haben, kleiner Brecht, kleiner Brecht, jetzt geht's uns doch
gut.

Er saß mit ruhig geschlossenen Augen in seiner Hutschachtel, ein kleines weiches Lächeln auf den Lippen. Später kam man dahinter, daß sie den Kopf hatte aushöhlen lassen, daß auf der Rückseite eine kleine Klappe war, und sie in dem Hohlraum mitten im Kopf eine kleine Whiskyflasche aufbewahrte.

Soweit zu Papas Leichenbild, oder zu meinem, wie man nun will.

Er hieß Pasqual Pinon und war mit zwei Köpfen geboren.

Der zweite Kopf war ein Frauenkopf.

Es entstand immer ein Augenblick der Verwirrung, wenn man von Pinon sprach – von »ihm« oder »ihnen«, niemand konnte sich recht entscheiden. Als das erste Gerücht von ihrer eigenartigen Liebesgeschichte die Außenwelt erreichte, irgendwann im Februar 1922, befanden sie sich in einer Grube im nördlichen Mexiko. Dort befanden sie sich, dort gingen sie ihrer Aufgabe nach, welche in erster Linie nicht in Arbeit bestand, sondern eher in Anwesenheit.

Sie waren anwesend. Sie waren auch gefangen. Das war ihre Lebensaufgabe.

Man kann sagen: in diesem Frühjahr 1922 wurden sie sichtbar. Das Gerücht erreichte die Zivilisation und drang auch vor zu einem Schausteller in San Diego mit Namen John Shideler. Er suchte sie auf, er machte sie sichtbar, als er sie sah, wurden sie sichtbar. Vorher waren sie existent, aber nicht sichtbar gewesen. So verhielt es sich ja mit vielen Menschen. Aber er machte sie sichtbar. Er definierte sie als ein Ehepaar, das berühmteste Liebespaar an der amerikanischen Westküste, zuerst ein Beispiel unauflösbaren Unglücks, dann ein Beispiel unauflösbaren Glücks.

Im Tode untrennbar, eine Ehe auf Gedeih und Verderb, aber unmöglich zu lösen. Man könnte sagen: er hielt sie uns vor, wie ein Emblem.

Als Pinon entdeckt wurde, befand er sich in einer Kupfergrube im Norden Mexikos. Woher er kam, weiß niemand. Niemand kennt seinen Geburtsort oder sein Geburtsdatum, niemand seine Eltern. Sie schämten sich vielleicht; als er starb, kamen keine Verwandten. Er war vermutlich zu Beginn der achtziger Jahre des vorigen Jahrhunderts geboren, mehr konnte man nicht herausfinden. Er war als Monster geboren.

Monster war die korrekte Bezeichnung. Es war die, welche er selbst von sich gebrauchte.

Sein einer Kopf, der untere, war ein Männerkopf, vollkommen normal, vielleicht sogar schön. Seinen Männerkopf trug er mit einer traurigen Würde, stets hoch und steif. Er hatte einen kräftigen Bart, den er gut pflegte. Aber oben aus diesem unteren Kopf wuchs ein anderer Kopf heraus, er brach aus seiner Stirn hervor wie eine Knospe oder wie ein Gefangener, der verzweifelt versucht, eine Gefängnismauer zu durchbrechen, aber dabei scheitert und, zur Hälfte eingeschlossen in der Mauer, zu lebenslänglicher Gefangenschaft verurteilt ist.

Dieser zweite, obere Kopf war ein Frauenkopf. Pasqual Pinons zwei Köpfe sind auf einer Anzahl von Photografien aus den zwanziger und dreißiger Jahren wiedergege-

44

ben; die letzte ist nur wenige Tage vor seinem Tod aufgenommen. Er hatte zu diesem Zeitpunkt ja eine gewisse internationale Berühmtheit erlangt und wurde Gegenstand einer nach seinem Tod publizierten Biographie; es war der Impressario John Shideler, der diese Biographie geschrieben hatte, »A Monster's Life«.

Bilder gibt es reichlich.

Alle drücken sie Trauer und Würde aus; als ob die zwei Köpfe stets im Bewußtsein dessen in die Kamera blickten, daß sie später nie verstanden werden würden, daß die, welche die Bilder ansähen, nie verstehen würden. Man könnte sagen: Pasqual Pinon trug seinen zweiten Kopf, wie ein Kupfergrubenarbeiter seine Stirnlampe trägt. So trug er sie, sein ganzes Leben lang: wie der Kupfergrubenarbeiter in dem Dunkel, in dem zu leben er selbst gewählt hat, seine Lampe trägt, so trug er sie durch das unerhörte Licht des Lebens. Aber aus seiner Lampe fiel kein Licht. Die Bilder sagen etwas anderes: in diese Lampe hinein stürzte sich eher das Dunkel, hinein in sie und hinein in ihn.

Zuerst hatte man es sich nicht vorstellen können.

Nicht, daß der obere Kopf tatsächlich eine eigene Identität hatte, eine Person, ein Mensch war. In die Definition eines Menschen ging ja etwas Größeres, etwas Absolutes ein. Man dachte die ganze Zeit an Pinon als an »ihn«. Die Grenze des Menschen konnte ja nur auf eine Weise gezogen werden: um ihn als Ganzes. Also war sie ein Teil von ihm.

Dann fing man an, an ihn als an »sie« zu denken. Der Grund war sehr einfach: man begriff, schließlich, daß er selbst so dachte. Er gab ihr einen Namen: Maria. Da begriff man. Da fing sie an zu existieren.

Zuerst gab es nur ihn. Dann gab er ihr einen Namen. Da fing sie an zu existieren.

Es ging so zu, daß das Gerücht von ihrer Existenz die Zivilisation in Gestalt eines Impressarios in San Diego erreichte; er hieß John Shideler und besaß einen der kleineren Wanderzirkusse der Westküste. Er war hinuntergereist nach Mexiko, um zu sehen, ob das Gerücht der Wahrheit entsprach, war seiner eigenen Darstellung zufolge verschwitzt und müde angekommen und herumgegangen und hatte im Ort gefragt und unter den Grubenarbeitern. Doch niemand hatte von einem Monster mit zwei Köpfen reden hören.

Niemand.

Auch war bei denen, die er gefragt hatte, eine Art Feindseligkeit zu bemerken gewesen, und er hatte nicht verstanden warum. Aber, wie er ein bißchen melodramatisch in seinem Buch schreibt, »entdeckte ich direkt über dem Eingang der Grube, hoch oben am Himmel, einen weißen Albatros, welcher mir in mächtigen Kreisen den Ort zu bezeichnen schien: ich nahm da all meinen Mut zusammen und drang, den feindseligen Gebärden der eingeborenen Grubenarbeiter zum Trotz, in die Grube ein, um das heiß ersehnte Ziel meines Strebens zu finden«.

Er scheint durch Bestechung ans Ziel gekommen zu sein.

Das Problem lag darin, daß Pinon zwar tatsächlich existierte, doch in der Grube nicht als Arbeiter, sondern als Geisel gehalten wurde. Er wurde als Schutz gegen Unglücksfälle dort gefangen gehalten. Die abergläubischen Grubenarbeiter, schreibt Shideler, stellten sich vor, daß dieses Monster ein Kind des Satans sei, und daß man auf diese Weise durch einen glücklichen Zufall ein Kind des Satans in seiner Gewalt hätte.

Jetzt hielt man ihn als Schutz gegen Unglücksfälle, weil es ja nicht vorstellbar war, daß Satan eins seiner eigenen Kinder würde vernichten wollen und die Grube einstürzen ließ.

Wie ein vom Himmel herabgefallener Engel wurde er als Geisel gegen das Böse selbst gehalten.

Die Grubenleitung, mit der Shideler zuerst Kontakt aufgenommen hatte, war peinlich berührt und zugleich beunruhigt gewesen. Man teilte den Aberglauben der Arbeiter nicht, nahm aber an, daß Pinon trotz allem durch seine Gegenwart für Ruhe in der Grube sorgte. Gleichzeitig fürchtete man, die Geschichte könnte an die Presse gelangen und einen Skandal verursachen.

Man hatte den Impressario zu Pinon geführt.

Er wurde in einer kleineren Ausweitung in einem Stollen gehalten. Er bekam reichlich Nahrung und Wasser, war aber ständig gefesselt. Er lag auf einer Pritsche und hatte Stroh und Lederstücke unter sich. Seine Exkremente wurden täglich beseitigt.

Anscheinend waren die Verhandlungen des Impressarios mit der Grubenleitung, eine Mischung aus Drohungen und Bestechung, glücklich verlaufen, Pinon selbst wurde natürlich nie nach seinem Willen befragt. Erst ein paar Jahre später hatte jemand ihn gefragt, ob er nicht glücklich wäre über die Befreiung. Er hatte darauf sehr kurz geantwortet:

– Maria wollte.

Das war jedoch viel später, zu einer Zeit, als er sie bei ihrem Namen nannte, und als die Umgebung verstanden hatte, daß sie als Mensch existierte.

Er sprach fast nie über die Zeit in der Grube.

Ein Detail erwähnte er: daß er sie mit einem Stück Tuch umwickelt hatte, um sie zu schützen. Schützen wovor, das wurde nie klar. Vor Schmutz vielleicht oder Blicken. Die Zeit in der Grube bezeichnete er als unglücklich. Er hatte im Stroh gesessen, die Kette um die Beine, und sie mit dem Tuch umwickelt, und sie hatten sich nicht vertragen können. Es war unglücklich, daß sie sich nicht hatten vertragen können. Sie hatten nicht freundlich voneinander gedacht, eher unfreundlich. Manchmal hatte er dort in der Dunkelheit gesessen und sie gehaßt. Erst als die äußeren Umstände sich in gewisser Weise veränderten und sie aus der Grube herauskamen, begann ihre Liebe zu keimen. Sie begann zum ersten Mal im März 1922 zu keimen, danach wurde es besser und besser.

Zum Schluß handelte es sich um beständige Liebe, mit einer sehr kurzen Ausnahme.

In den Gesprächen mit Helen Portitz, der Krankenschwester, die ihn während des letzten Jahres pflegte, hatte er es ungefähr so dargestellt. Er hatte in ziemlich kurzen und beinah genierten Sätzen gesprochen, und über die Zeit in der Grube und Marias Verhältnis zu ihm (als sie im Dun-

keln gefangen saßen) hatte er gesagt, daß er nie richtig
verstanden hätte, was sie wollte. Nur daß sie mit ihm
unzufrieden war. Es war wie ein einziges langes Jammern,
ein endloser, langgezogener Klageruf, der sich Tag und
Nacht in seinem Kopf wand.
Darum war ihr Verhältnis nicht so glücklich gewesen.
Wie hätte es anders sein können, meinte er. Er konnte
doch seinerseits nicht einen einzigen langen verzweifelten
Klageruf lieben. Es war unerträglich gewesen. Gar keine
Liebe.

Ihr Kopf war kleiner als seiner.
In der Nacht wurden sie aus der Grube gebracht, und kein
Albatros war zu sehen. Er brachte sie zum Hotel und
säuberte sie. Es ging nicht auf einmal, der Schmutz hatte
sich eingefressen, aber er hatte einen Friseur bezahlt, um
Hilfe zu haben, und der schnitt ihnen die Haare und
badete sie mehrmals, und jedesmal wurde ihre Haut heller;
langsam, fast geheimnisvoll traten ihre Gesichter hervor,
wie eine Photografie im Entwicklungsbad langsam sichtbar wird.
Am nächsten Tag reisten sie nach Norden, und da hatte
Pasqual Pinon zum ersten Mal seine Frau im Spiegel
gesehen.
Es war das erste Mal, daß er sie sah. Danach sollte er
sie viele Male sehen. Er liebte es später sehr, sie zu sehen.

Er fand später, daß sie schön war.

Im Spiegel konnte er jetzt ihr Gesicht mit den schrägen, sehr schönen Augen sehen, den hohen Backenknochen, der schmalen Nase. Alles, was er bei sich selbst häßlich fand, fand er schön bei ihr. Während sie in der Grube gelebt hatten, hatte er sich ihrer stets geschämt, er verstand, daß sie es war, die sie beide anders machte, und also hatte er sich geschämt. Damals wußte er ja nicht, daß sie schön war. Er konnte sie nur mit der Hand fühlen, das war alles, was er damals tun konnte, er hob die Hand und fühlte ihr Gesicht, und nichts, das er berührte, deutete an, daß ihre Augen schön und schräg waren, daß ihre Backenknochen hoch wie Gewölbe, die Nase schmal, die Nasenflügel zart und der Mund fein waren: mit seiner Hand hatte er sie berührt und geglaubt, sie sei häßlich. Er hatte es ja in den Augen der Grubenarbeiter gesehen, wenn sie mit ihren Lampen zu ihnen kamen und ihm das Tuch vom Kopf rissen, daß sie häßlich war. Wieso sonst dieses Entsetzen in ihren Augen. Deshalb wollte er sie immer mit dem Tuch umwickelt haben. Jetzt, nachdem der Impressario ihre Gesichter aus dem Dunkel herausgewaschen hatte, jetzt, nachdem er ihnen die Haare geschnitten und ihnen am Schluß einen Spiegel gereicht hatte, jetzt fand er, daß sie schön war.

Die Augen waren es, die am meisten lebten: sie zwinkerten unaufhörlich, manchmal unruhig, manchmal traurig und langsam. Man konnte sehen, wie sie alles verfolgten, sich hierhin und dorthin bewegten: kam jemand unerwartet ins Zimmer, konnten die Augen zusammenzucken, hin und her irren und sich erst nach einigen Augenblicken beruhigen. Manchmal zuckten die Augen ungeduldiger, als versuchte sie, mit ihren Augenbewegungen die Aufmerksamkeit der Umgebung einzufangen, oder als wollte sie etwas sagen.

Oder manchmal, wenn er vor dem Spiegel stand und sie schweigend betrachtete, als wollte sie ihm verbieten, sie zu betrachten.

Es war, als sähe man ein gefangenes Reh mit angsterfüllten oder hilflosen Augen; daß die Augen versuchten, etwas zu sagen, verstanden sie alle so nach und nach, aber was es war – nein, das war unmöglich zu verstehen.

Nur einer hatte den Schlüssel zu diesem Geheimnis: Pasqual. Nur er.

Oktober; Brief von K. Handelt wieder von dem Jungen.

Acht mal hatte er versucht, Selbstmord zu begehen, bevor es ihm glückte. Er hielt ihnen seine Selbstmordversuche gewissermaßen entgegen, nicht um gerettet zu werden, wie es üblich ist, sondern als ein Angebot. Alle Versuche sehr ungeschickt, fast komisch. Beim ersten Mal hatte er seine Armbanduhr genommen, das Armband benutzt, genauer gesagt den kleinen Stahlbolzen, den man in die Löcher steckt, und damit versucht, ein Loch in eine Ader zu stechen. Er hatte gegraben und gegraben und mit dem stumpfen kleinen Bolzen ein Loch zustandegebracht, durch das nur sehr wenig Blut fließen konnte; ein lächerlicher Versuch.

Ich erinnere mich an einen alten Film, der von einem Soldaten im Ersten Weltkrieg handelte, der schwer verwundet wurde: das Gesicht weggeschossen und der Körper gelähmt. Er konnte nicht sprechen und sich nicht bewegen und auch sonst nichts: das Gehirn war praktisch das einzige, was funktionierte.

Im Krankenhaus glaubten alle, er hätte keinerlei Wahrnehmungsfähigkeit. Er wurde jedoch am Leben erhalten, zu rein experimentellen Zwecken. Aber eine Krankenschwester begann, sich für diesen lebenden Toten zu interessieren, und nach einem Jahr war es ihr mit unendlicher Mühe gelungen, einen Kode zu entwickeln, der es ermöglichte, mit ihm zu kommunizieren: irgendetwas mit Zuckungen an einem Ohr oder ein Signalsystem mit der Atmung. Ich habe es vergessen.

Heimlich stellte sie die Verbindung wieder her mit jemandem, der nicht als Mensch betrachtet wurde: eine heimliche Kommunikation zwischen Mensch und Nicht-Mensch. Endlich bekam sie die erste, sehr kurze Mitteilung von ihm.

Sehr kurz, zwei Wörter: *Töte mich*.

Die kürzeste Definition dessen, was es heißt Mensch zu sein, die ich kenne: das Recht sich danach zu sehnen, aufzuhören. Eine Art Grenze?

Bei einigen Gelegenheiten hatten sich ihre Augen mit Tränen gefüllt.

Ob sie in der Grube geweint hatte, bevor sie befreit wurden, weiß ja niemand. Pasqual selbst wollte von dieser Zeit nicht erzählen, jedenfalls nicht richtig. Das erste Mal, daß man sie weinen sehen konnte, war anläßlich ihrer

Ehekrise im Sommer 1926. Das zweite Mal bei seinem Tod.

Sonst weinte sie nicht.

Sie blieb ihr ganzes Leben in seinem Kopf gefangen, und lange Zeit glaubte man, sie wäre stumm. Pinon glaubte es nicht, er brachte es dahin, daß sie verstanden. Ebenso langsam, wie in jener Frühlingsnacht 1922 in der Badewanne des Hotels ihre Menschlichkeit von dem Impressario hervorgewaschen wurde, ebenso langsam wurde ihnen allen klar, daß sie nicht stumm war.

Sie bewegte die Lippen, doch was sie zu sagen versuchte, konnte keiner deuten. Der Mund war schmal, sehr schön gezeichnet, sie bewegte oft die Lippen. Manchmal lächelte sie. Niemand verstand. Was der Mund und die Lippen zu sagen versuchten, war unbegreiflich. Laute konnten ja nicht entstehen – sie hatte weder Lungen noch Kehle oder Stimmbänder. Eine Zunge hatte sie jedoch, und eine Reihe sehr kleiner und merkwürdigerweise sehr weißer und feiner Zähne, sehr schön, groß wie Reiskörner.

Diejenigen, die sie beobachteten, fragten sich oft, ob sie tatsächlich Mundbewegungen oder Sprache oder Wörter in ihrer Umgebung nachzuahmen versuchte, ob sie die ganze Zeit damit beschäftigt war, einen Kode zu schaffen, um mit der Außenwelt in Kontakt zu treten; manchmal wurden ihre Lippenbewegungen beinah desperat, als würde sie von Verzweiflung oder Wut darüber ergriffen, daß sie ihren Kode nicht verstanden. Aber wenn sie Pasqual danach fragten, was sie zu sagen versuchte, wurde er abweisend oder erregt; besonders während des ersten Jahres im Wanderzirkus verhielt er sich gänzlich abweisend gegenüber denen, die wollten, daß er ihre Mitteilungen irgendwie weitergab.

Er konnte sich dann mit fast verzerrtem Gesicht zurückziehen, sich weigern, ein Wort zu sagen, sich weigern zu essen, sich weigern, an den Vorstellungen teilzunehmen; man mußte ihn dann besänftigen, über neutrale Themen sprechen, so tun, als gäbe es sie nicht; dann kam er schließlich zu ihnen zurück, nahm an den Vorstellungen teil und war wie vorher.

Als er zum ersten Mal andeutete, daß er wußte, was sie sagen wollte, hatte er eines Abends plötzlich gesagt.

– Jetzt singt sie böse.

Das war das erste Mal, daß er eine andere Möglichkeit als die Sprache andeutete. Niemand konnte ihre Mundbewegungen deuten, auch er nicht, aber sie scheinen eine andere Verbindung gehabt zu haben, eine Sprache, die nicht auf Wörtern basierte. Er drückte es so aus, daß sie für ihn »sang«. Es kann Gesang gewesen sein, oder eine Art wortloser Tonfolgen, die zu deuten möglich war.

»Jetzt singt sie böse.«

Er hatte es einmal gesagt, gerade nachdem er einen Zornesausbruch gehabt hatte. Sie hatten gefragt, was sie wollte. Er war wütend geworden. Als er sich weigerte, ihr Dolmetscher zu sein, fing sie an, böse zu singen.

Dann tat es weh.

Vielleicht war es ein Gesang wie jener in der Grube. Was er ihnen gesagt hatte, war jedoch wichtig. Er hatte gesagt: Sie ist nicht stumm. Sie ist außerdem ein Mensch. Ich kann sie hören, aber ich bin der einzige, der hören kann. Sie ist nur durch mich da.

Der böse Gesang tat weh in ihm.

Gefangen in ihm sang sie einen Gesang, der wehtat; warum wollte sie ihm wehtun? Das schien auch Pasqual unbegreiflich. Er verstand es nicht, saß stumm mit verzerrtem Gesicht da und starrte gekränkt vor sich hin und lauschte. Gefangen in ihm sang sie einen Gesang, der wehtat; war es ein Gesang darüber, wie schwer es ist, gefangen zu sein? Er hörte den Gesang, weigerte sich aber, ihn zu deuten. So war es: sie waren ineinander gefangen. Zuerst waren sie unglücklich darüber, gefangen zu sein, da sang sie böse, es tat weh. Dann wollte sie die anderen mit ihrem Gesang erreichen, da weigerte er sich. Da sang sie wieder böse.

Er war der einzige, der hätte vermitteln können. Er tat es nicht. War die Ursache Liebe?

Man kann sich auch eine andere Möglichkeit denken: daß er gewissermaßen Angst vor ihr hatte und deshalb nicht wagte, ihre Worte herauszulassen. Daß er ihren Gesang deshalb nicht übersetzen wollte, weil er eine Mitteilung enthielt, die ihm nicht gefiel. Vielleicht versuchte sie verzweifelt, ihr ganzes Leben lang, die Mundbewegungen zu finden, die den Gesang ersetzen und ihre Worte von der Gebundenheit an ihn befreien würden.

Vielleicht fürchtete er, sie dann auf irgendeine Art und Weise zu verlieren. Man kann sich die Möglichkeit denken, daß er sie so sehr liebte, daß er es nicht wagte.

Eine Episode aus dem ersten Brief von Helen Portitz, datiert Los Angeles, den 8. Januar 1982.

Pinon war in dem Krankenhaus, in welchem sie Dienst tat, gepflegt worden, und sie hatte die direkte tägliche Verantwortung für ihn gehabt. An einem Wintertag war sie in sein Zimmer gekommen (aus Rücksicht auf die übrigen Patienten hatte er stets ein Zimmer für sich). Es war früh am Morgen, sie war hereingekommen, und sie war sich dessen fast sicher, daß es ein Tag im Januar gewesen war, weil man die San Gabriel Mountains ganz weiß und deutlich durch das Fenster sehen konnte.

Pinon hatte mit schweren röchelnden Atemzügen geschlafen, sie selbst war mit Schritten »so leise wie ein Schmetterling«, wie sie sich ausdrückt, eingetreten. Aber plötzlich hatte sie gesehen, daß Maria wach war.

Sie hatte mit offenen Augen dagelegen, wie immer ein wenig unruhig blinzelnd, und ihr sofort den Blick zugewandt, als sie ins Zimmer kam. Die Schwester war daraufhin ans Bett getreten, um genauer nachzusehen; sie hatte sich vorher nie denken können, daß die Frau wach wäre, während Pasqual schlief.

Aber so war es gewesen. Plötzlich war sie da von »strong sentiments« ergriffen worden, und von einem plötzlichen Impuls getrieben hatte sie ihre Hand ausgestreckt und Marias Wange gestreichelt. Sie hatte die Hand fast still gehalten, aber die Wange gestreichelt.

Sie will sich an diesen Augenblick mit unerhörter Deutlichkeit erinnern. Pinon hatte weitergeschlafen, mit schweren röchelnden Atemzügen, und Marias Augen waren auf die Schwester gerichtet. Und plötzlich, schreibt sie, hatte sie das Gefühl, als hätte sie ganz genau verstan-

den, ohne Worte, allein durch die Berührung der Wange.
Als wäre die absolute Stille des Zimmers die Voraussetzung gewesen, und die Berge dort in der Ferne, die weißen Gipfel in der unerhört reinen Januarluft; Pinon hatte tief geschlafen, und sie hatte ihre Hand wie einen Vogelflügel an die Wange gehalten: alles hatte sich in einer Sekunde zusammengefügt, sie hatte etwas in sich gefühlt, einen Ton, oder – daß sie plötzlich verstanden hatte. Ein Augenblick von beinah magischer Einsicht.
Wie ein Gesang vielleicht. Vollkommen rein, und vollständig begreifbar.
Und Maria hatte zu ihr aufgesehen, die Augen waren nun sehr still und warm und fast humorvoll gewesen, und dann hatten die Lippen sich geteilt zu einem sehr schwachen, aber absolut deutlichen Lächeln.
Er war nicht aufgewacht. Er war nicht aufgewacht.

»Dein Brief«, schreibt Ruth Berlau am 22. März 1942 an Brecht, »hat mich empört und verzweifelt gemacht, wie auch die höhnischen Worte darüber, zusammengewachsen zu sein. Aber ich nehme an, daß Du Angst hast.«

Träumte heute nacht wieder von Pinon. Wie früher fiel der alte Traum mit dem neuen zusammen; war jedoch auf eine eigenartige Weise außerhalb des Traums.
Im Traum nur Pinon, und der Junge.
Sie saßen auf dem Dachboden in dem grünen Holzhaus, in

dem ich als Kind gewohnt habe, sie hielten einander an der Hand und lauschten der Himmelsharfe. Es war Winter, Vollmond, sehr kalt, und der Schnee sehr weiß. Die Eberesche, die Papa gepflanzt hatte, war vor dem Fenster zu sehen. Es war so seltsam: obwohl es Winter war, hatte sie Blätter. Es war auch natürlich. Pinon saß mit seinem mächtigen Doppelkopf dem Jungen zugewandt, hielt ihn an der Hand, wie ein Vater, und der Junge lehnte sich an Pinons Arm und schloß die Augen, mit einem ganz kleinen Lächeln auf den Lippen. Als lauschte er nach etwas, das ihn glücklich machte.

Im Traum wußte ich sofort, was es war. Sie lauschten der Himmelsharfe. Und deren Gesang, den kannte ich ja so gut, aus der Zeit, als ich selbst Kind war. Es gab vollkommen weiße Januarnächte, wenn der Mond weiß war und der Schnee leuchtete, und es war kalt kalt kalt; die Telefondrähte waren an der Hauswand befestigt, das Haus war aus Holz, und Papa hatte es selbst gebaut, es war wie ein riesiger Resonanzkasten, und die Drähte sangen.

Es war ein unerhörter, von den Sternen kommender Gesang, er kam Nacht auf Nacht, wenn es kalt war. Es sang auf der Himmelsharfe, als ob jemand dort draußen in der Winternacht mit einem Riesenbogen über die Saiten striche, es sang, tausend Jahre von Trauer und Vergebung, wortlos und traurig, die ganze Nacht lang, das eine Ende der Drähte war an einem Holzhaus in Västerbotten befestigt, aber das andere Ende hing weit draußen im All, hing an schwarzen, toten Sternen. Der Gesang kam aus dem All und war wortlos und handelte von den Wortlosen. Vergiß uns nicht, sang er, wir sind wie du, vergiß uns nicht.

Das eine Ende hing an den schwarzen, toten Sternen, der Gesang war tausend Jahre unterwegs gewesen und zuletzt zu den zweien gelangt, die dort in der Nacht in einem Holzhaus in Västerbotten saßen. Der Gesang handelte von ihnen. Wir sind nicht stumm, wir sind da. Sie hielten sich an der Hand und lauschten der Himmelsharfe, und der Junge lehnte seinen Kopf an Pinons Arm und schloß die Augen.

Und man konnte sehen, daß er beinah glücklich war.

Agape: sich nicht der Vergebung verdient machen müssen.

Welch schönes Wort.

Sie hatte dort mit der Hand an Marias Wange gestanden, hatte lange, lange so gestanden und gelauscht. Aber über das, was sie hörte, schreibt sie nichts.

Nichts.

IV
Der Gesang vom Eisengarn

Im ersten Brief von Helen Portitz steht ein Satz, dem ich zunächst keine Beachtung schenkte.

Später habe ich ihn wieder und wieder gelesen.

Da steht: »Pasqual erzählte mir einmal, daß er sich in den letzten Jahren so unerhört danach gesehnt habe, Maria, seine Frau, küssen zu können, und manchmal an nichts anderes habe denken können, nur weil er wußte, daß es nie gehen würde.«

Er hatte davon geträumt, sie küssen zu können.

Zunächst sah ich darin hauptsächlich ein kurioses Detail, beinah abstoßend. Später wurde es immer wichtiger. Er hatte davon geträumt, sie küssen zu können, weil sie so schön war. Aber das würde niemals möglich sein.

Da ist es.

Ich kenne sie seit zwanzig Jahren, habe sie aber nie verstanden. Wenn ich sie sehe, kann es mir manchmal so vorkommen, als ließe es sich in einer von Liebe befreiten Welt wesentlich besser leben.

Wenn es nun Liebe ist. Ich weiß nicht: dieser grüne Regenmantel, und wie sie im Park wartet, und er steht hinter der Gardine des Sprechzimmers, und dann gehen sie runter in ihren verdammten Keller mit Rasenmähern und Jutesäcken und lieben, oder wie man das, was sie tun, nennen soll.

Der einzige von ihnen, mit dem ich jetzt reden kann, ist K. Er versuchte einmal herauszufinden, was an dem Jungen sie eigentlich so gefesselt hatte: zuerst hatte sie nicht antworten wollen, dann ein kleines Gedicht geschickt. Es fing so an:

»Wie konnte ich nur so besessen sein
von einem den ich eigentlich verachte
Er wurde in mich eingebrannt
Welches rätselhafte Zeichen seines Körpers
wurde zum Brenneisen
Die Kontur einer Linie des Rückens
Ein plötzlicher Drang seine Haut zu berühren
Eine Spur der Ader an seinem Hals eine Lust
sie langsam durchzubeißen
die Zunge gleiten zu lassen diesen ganz
verbotenen Rücken hinab
Diesen ganz verbotenen Rücken . . .«

Sie hatte es mit der Post geschickt. Sie hatte das Papier
wenigstens nicht mit Exkrementen beschmiert, wie es der
Junge mit seinen kleinen Mitteilungen getan hatte.
Was ist das für eine Liebe.
Wie gesagt: einfacher als das wird es nicht. Aber wer hat
gesagt, daß es einfach sein muß.

Ein Jahr nach dem Mord an seiner Tochter bat K um
Erlaubnis, den Jungen besuchen zu dürfen.
Die Anstaltsleitung hatte daraufhin zunächst ein langes
Gespräch mit K geführt; ich vermute, sie hatten von der
ohnmächtigen, destruktiven Wut gehört, die er in der
ersten Zeit nach dem Mord zum Ausdruck gebracht hatte.
Oder: um nicht wieder von den ständigen Monologen
darüber zu sprechen, daß er den Jungen verstümmeln
wolle.

K hatte sie anscheinend überzeugt. Ich wäre selbst nicht sicher gewesen. Ich hatte zuviel gehört.

Die erste Begegnung war fast wortlos gewesen. Der Junge hatte dagesessen, wie er ständig saß, das Laken um den Kopf gewickelt. K hatte eine Packung Eis für ihn gekauft, das italienische, wie heißt es, Cassata. Er hatte die Eispackung hingehalten, der Junge hatte sie mit der Hand befühlt, gemerkt, was es war, das Laken abgenommen, sich vorgebeugt und gegessen. K hatte einen Löffel bei sich.

Danach hatte er das Laken wieder übergezogen und dagesessen und auf nichts gewartet.

Das war das erste Mal.

Es ist entsetzlich, einen Menschen zu sehen, der sterben will, aber nicht kann. Beinah nur da erkennt man, was ein Mensch ist. Genau an der Grenze.

Ich weiß nicht, wo sie hingekommen sind; als ich Kind war, war die Welt voll von Monstern. Jetzt gibt es sie nicht mehr.

In den Sommern der vierziger Jahre wohnte ich oft bei einer Tante in Brattby außerhalb von Umeå; da gab es eine Anstalt, einen riesigen Sammelplatz für Dorfidioten und Monster und Mißgeburten. Der Name war Brattbygård, mein Onkel arbeitete im Stall. Da waren wir ständig. Wir konnten herumgehen, wie wir wollten.

Am deutlichsten erinnere ich mich an einen Krokodilmann mit einer Haut, die aus steinharten Platten bestand, welche den Körper wie mit einem Ozean von zerbrochenen Eisscheiben bedeckten; wir berührten ihn, es war ein unerhörtes Entsetzen, weil er der Sohn einer Lehrerin aus Lövånger war, die meine Mutter kannte. Er war wie ich der einzige Sohn, und er war Krokodilmann geworden, und ich bekam immer zu hören, so hätte ich auch werden können. Es war nur ein Zufall. Er hatte ein Gummiband zwischen den Händen, an dem er zog. Wir berührten seine Haut, und dann sah er uns an, und ich wußte, wie nah es an mir vorbeigegangen war, ich sah es in seinen Augen, wenn er mich ansah. Er konnte ja nicht sprechen, aber seine Lippen bewegten sich manchmal, und ich verstand.

Im selben Zimmer waren zwei Jungen mit Wasserkopf, die uns hilflos anstarrten und mit dünnen, eisigen Stimmen schrien, wenn wir näherkamen. Die durfte man nicht anfassen, sie waren wie Katzen, zogen sich ans Kopfende des Bettes zurück und schrien. Und dann einer mit Elefantenkrankheit, und viele mit Riesenkiefern und sabbernden Mündern, und einer, vor dem man sich in Acht nehmen mußte, und einer, der ohne Gehirn geboren war, und ein Buckliger, der keine Eltern hatte und deshalb hier war, er galt als ein Genie, und die meisten waren nett, und einige waren gewalttätig.

Aber die Welt war voll von ihnen.

Später verschwanden die Monster ja. Die verbesserten medizinischen Bedingungen, exaktere Analysen und Diagnosemethoden, Fruchtwasserproben, operative Möglichkeiten sowie perfektere und geschlossenere Verwahrungsanstalten haben sie unsichtbar gemacht.

Man hat sie in uns verborgen, könnte man sagen.

Muß Schnee gefallen sein die Nacht. Dämmerungslicht, auf dem Eis eine Neuschneedecke.

Was sind das für Wörter, die wir heute nicht mehr schreiben in unseren furchtbaren wachen Nächten? Barmherzigkeit?

Im Mai 1922 begann ihre Artistentätigkeit. Zwei Monate, nachdem ihre Gesichter hervorgewaschen und beide sichtbar geworden waren.

Niemand weiß heute genau, welche Attraktionen der Wanderzirkus hatte, aber er war auf Monster spezialisiert. Zwei der Artisten des Zirkus erlangten jedoch später eine gewisse Berühmtheit: sie spielten in einem Film mit, der »Freaks« hieß. Es waren der Halbmann Johnny Eck, der als ein guter Orchesterdirigent galt und stets mit einem Taktstock in der Hand auf einem Tablett hereingetragen wurde, und der sogenannte Hundmann Adrian Jefficheff.

Ansonsten weiß man recht wenig über die Artisten, die Pinons Kollegen waren. Shidelers Biographie ist in diesem Punkt sehr kurzgefaßt, und das soziale Milieu ist nur angedeutet. Die Schlangenfrau Barbara Tucker war auch dabei, ich habe Bilder von ihr gesehen, es ist exakt dasselbe Phänomen wie bei dem Krokodilmann von Brattbygård, also eine lederartige gesprungene Schlangenhaut.

Man transportierte alle Artisten in zwei Wohnwagen. Jeder hatte seinen eigenen Raum. Shideler, der den Zirkus allein besaß, scheint ein rundlicher, recht freundlicher Mann gewesen zu sein, der sich als »a family father«

betrachtete, wenn man seinem eigenen Buch trauen darf.

Er hatte jedoch seine Favoriten.

Die Vorstellungen sahen immer gleich aus und waren sehr einfach. Für jedes Monster standen ungefähr fünf bis zehn Minuten zur Verfügung, darin war die Präsentation enthalten sowie eine eigene Darbietung der Monster, eine Art Vorführung, damit die Zuschauer in jedem Fall sicher sein sollten, daß sie nicht Schaufensterpuppen betrachteten, sondern Leben.

Pinons Vorführung sah folgendermaßen aus.

Es fing damit an, daß der Impressario dem Publikum eine kleine Rede hielt darüber, wie er Pinon gefunden hatte; das war der Hintergrund, die Zeit in der Grube, und wie er zu ihnen in die Grube eingedrungen war, trotz des Widerstandes der Mexikaner und trotz bedrohlicher, beinah biblischer Vorzeichen (der Albatros, der über dem Grubeneingang kreiste). Hier war Pinon in einer dunklen, feuchten Grubenhöhle gefangengehalten worden, weil die abergläubischen Ureinwohner glaubten, daß er ein Kind des Satans wäre und also als Geisel gehalten werden könnte. Doch sei Shideler in die Grube eingedrungen und habe es mit List und Bestechung geschafft, Pinon zu befreien und ans Licht zu retten. Als sie aus dem Grubenloch herausgekommen waren, habe der Albatros noch immer dort oben geschwebt, wie ein Zeichen des Satans. Dann hätte er Pinon mitgenommen, ihn gewaschen und Salbe auf die fürchterlichen Wunden gestrichen, die von der Eisenkette herrührten (manchmal sagte er Stricke, man kann die verschiedenen Versionen in den Zeitungsberichten verfolgen). Es endete stets damit, daß er erzählte, wie Pinons Frau reagierte, als sie die Grenze zu den USA und zur Freiheit passiert hatten: ihre Augen hatten sich da mit Tränen der Dankbarkeit gefüllt.

Das pflegte fünf Minuten zu dauern und wurde mit kräftigem Applaus aufgenommen. Danach zog Shideler den kleinen Stoffvorhang zur Seite, und da saß Pinon.

Zuerst saß er ungefähr eine Minute ganz still, dann wandte er sich zur Seite, um den Kopf im Profil zu zeigen. Danach griff er zu einer Mundharmonika: Shideler hatte ihm beigebracht, ein einfaches Kirchenlied zu spielen. Wenn das getan war, steckte er die Mundharmonika in die Tasche, stand auf und sang mit ziemlich dunkler, fast schöner Stimme »Happy Birthday«. Man sah deutlich, daß auch die Frau ihren Mund bewegte, doch man hörte nichts. Es hatte jedoch den Anschein, als wollte sie mitsingen, und während des Kirchenliedes (es war übrigens »Näher, mein Gott zu Dir«) bewegte auch sie die Lippen.

In den Zeitungen schrieb man, daß beide tief gläubig wären. Es war wohl wegen des Kirchenliedes, und weil die Frau mitzusingen versuchte.

»Ich sollte mich über Deine Haltung zu meinem Projekt vielleicht nicht wundern. Du mochtest ja auch meine Erzählungen nicht, soviel ich verstanden habe. Wo es schwer ist zu lieben, da wird deutlich, ob man es ernst meint oder nicht.« (Ruth B. am 22. 4. 42)

Er mochte die Cassata. Jedesmal, wenn K zu ihm ging, kaufte er also eine Packung.

Er schien dann aufzuleben, aß schweigend und mit gesenktem Kopf, und man konnte die Freude über das Eis in seinem Gesicht aufleuchten sehen, danach erlosch die Freude der Augen langsam, versank, und zuletzt war es wie gewöhnlich, der gewöhnliche Ausdruck des Jungen: Augen, die erfüllt waren von einem sehr stillen, sehr kontrollierten, aber intensiv leuchtenden Entsetzen.

Er wollte nicht reden über das, was geschehen war. Er wollte, wenn er überhaupt reden wollte, nur über Bücher reden, die er gelesen hatte, und über Sport.

Einmal schickte ich ein paar meiner eigenen Bücher mit; K brachte sie dem Jungen. Als er ihn das nächste Mal besuchte, saß er mit einem von ihnen in der Hand da, einer Sammlung von Erzählungen vom Anfang der siebziger Jahre. Er hatte eine bestimmte Seite aufgeschlagen und reichte sie stumm K zum Lesen.

Die Erzählung handelte von dem Mann, der auf Rudi Dutschke schoß. Er hieß Josef Bachmann, er bekam sechs Jahre Gefängnis und beging zum Schluß Selbstmord.

Genau die Seite war es, auf die er zeigte. Bachmann hatte sich eine Plastiktüte über den Kopf gezwängt und es am Ende, anscheinend nach heftigen Zuckungen des Körpers, geschafft, sich durch Ersticken das Leben zu nehmen. Die Passage, auf welche der Junge zeigte, und die er mit dicken, verzweifelten Strichen am Rand gekennzeichnet hatte, lautete so: »Wie eine dünne, klare Eishaut lag das Plastik über seinem Gesicht. Dort drinnen war Herr Bachmann und sein jetzt abgeschlossenes Leben, denn so geschickt hatte er seine Tüte verschlossen, daß die schädliche Luft diese Haut nicht zu sprengen und ihn mit ihrem tödlichen Gift zu füllen vermocht hatte.«

K hatte nicht verstanden, was er meinte. Der Junge hatte nur die Stelle gezeigt, stumm, aber zuletzt hatte er gesagt:

– Kannst du mir nicht helfen. Ich wage es nicht selbst.

Selbstverständlich hatte er abgelehnt.

Er hatte ein ziemlich schmales, freundliches Gesicht mit ein wenig schrägen Augen und einem kindlichen, wohlgeformten Mund. Nach seinem Tod durften K und ich seine Akte lesen. Bei der Musterung für den Militärdienst hatte er einen IQ von 142, und er hatte auf alle einen sehr angenehmen und sympathischen Eindruck gemacht. Er diente fünfzehn Monate beim Infanterieregiment 20 in Umeå, hatte ausgezeichnete Zeugnisse, war ein beliebter Kamerad, zwei Monate nach Abschluß des Militärdienstes hatte er das erste Mädchen ermordet.

Keine Gründe. Er konnte es nicht erklären.

Er sah so kindlich aus. Er hatte helles, kurzgeschnittenes Haar mit einem sorgfältig gezogenen Seitenscheitel und sah kindlich aus, vollkommen unzerstörbar, außerdem hatte er zwei Kinder ums Leben gebracht, von denen eins zweien meiner besten Freunde gehörte.

Keine Gründe. Doch, einmal sagte er zu K, ganz unvermittelt, fast gedankenverloren:

– Sie vertraute mir ja so. Deshalb war ich gezwungen.

Die Krise in ihrem Verhältnis kam während der dritten Westküstentournee. Da weinte sie zum ersten Mal nach der Befreiung. Die Geschichte fing im Juli 1926 an, sie dauerte bis zum August des selben Jahres.

Da endete sie.

Eine der Angestellten des Zirkus war eine Frau, die in Shidelers Buch Ann genannt wird. In Wirklichkeit hieß sie anders, doch das spielt keine Rolle. Im Unterschied zu den anderen war sie nicht in irgendeiner Weise mißgestaltet; sie war eine Frau in den Vierzigern, die als »nichtssagend« und »füllig« beschrieben wird. Sie hatte zwei Jahre bei dem Wanderzirkus gearbeitet, als es passierte.

Sie verliebte sich in Pinon. Und er in sie.

Es fing damit an, daß sie nach den Vorstellungen auf der Treppe des Wohnhauses saßen und miteinander redeten; Pinon hatte in erstaunlich kurzer Zeit ein holpriges, aber elementares Englisch gelernt. Außerdem war es ja meistens sie, die sprach. Er saß meistens da und sah sie an und nickte. Das reichte. Er sah sie an und nickte.

Das erste Anzeichen dafür, daß sich etwas anbahnte, kam

nach vielleicht einem Monat. Das war, als Pinon wieder ein Stück Stoff um den Kopf seiner Frau wickelte. Es wirkte wie ein Turban, es sah eigenartig aus, aber natürlich nicht so grotesk, wie wenn er ohne Tuch gewesen wäre. Tatsächlich sah er in seinem Turban verblüffend normal aus, beinah alltäglich. Während der Vorstellungen merkte man jedoch, daß irgendetwas Merkwürdiges im Begriff war zu geschehen; Maria sang nicht mehr mit. Sie bewegte nicht die Lippen, und ihre Augen hatten einen Ausdruck, der schwer zu deuten war: vielleicht Steifheit, vielleicht Schrecken.

Plötzlich eines Morgens war Pinon nicht in seinem Wagen. Das Bett war leer. Als man in dem anderen Wagen nach der Frau suchte, die hier Ann genannt wird, war auch sie weg.

Zwei Wochen lang waren sie spurlos verschwunden. Dann tauchte Pinon plötzlich auf, das Tuch um den Kopf gewunden; er weigerte sich jedoch zu erzählen, was geschehen war.

Er sagte nur, ganz kurz: Ich ging in die Irre.

Ann war verschwunden, übrigens für immer.

Man begann normalerweise jede Vorstellung um 18 Uhr, und Pinon hatte sich deshalb angewöhnt, an den Vormittagen lange zu schlafen. Als er von seiner zweiwöchigen Abwesenheit zurückkehrte, war er wie umgewandelt. Er stand jeden Morgen sehr früh auf, setzte sich auf die Treppe des Wohnwagens, hielt seinen Kopf zwischen den Händen, und wiegte sich langsam vor und zurück. Man konnte ihn jammern hören, aber leise, wie vor einem unerhörten Schmerz, den er zu verbergen suchte.

Zuerst ließ er das Tuch um seine Frau gewickelt. Am

dritten Tag nach seiner Rückkehr riß er es jedoch plötzlich, wie in Raserei, herunter, und in einem völlig unbeherrschten Zornesausbruch lief er zwischen den Wagen umher und zeigte zu Marias Kopf hinauf und schrie Wörter auf Spanisch, die so guttural waren, daß niemand sie verstand.

Aber er zeigte nach oben, wie in Raserei.

Danach beruhigte er sich. Man gab ihm Bohnensuppe, die er gern mochte, und redete besänftigend auf ihn ein. Man gab ihm zwei Tage frei von den Vorstellungen. Seine Raserei war vergangen, er saß stumm und zusammengekauert, schien auf irgendetwas zu lauschen. Man fragte ständig, was passiert sei, und was man tun könne.

Schließlich kamen einige Worte auf Englisch. Er sagte: sie singt böse.

Seine Frau war nicht mehr unter dem Tuch verborgen. Sie hielt ihre Augen geschlossen und ihre Lippen zusammengepreßt.

Sie wollte nicht verzeihen. Das war das Ganze.

Sie sang, und es war wie in der Grube, obwohl vielleicht schlimmer. Es tat weh. Er wollte nicht beschreiben, wie sie sang, es scheint eine Art atonalen Jammerns gewesen zu sein, oder ein Trauergesang, aber sie sang und sang, und er konnte nicht frei werden und konnte sich nicht bewegen, nicht arbeiten, nicht denken.

Hinterher, viel später, erfuhren sie, was geschehen war.

Er hatte sich verliebt, sie hatten sich entschlossen zu fliehen und ihr Leben zu verändern und sich nie mehr erniedrigen lassen zu müssen. Sie wollten auch Kinder haben, und sie hatte von einer abgelegenen Farm gesprochen, die sie kaufen könnten. Dann waren sie geflohen. Zuerst hatte Maria still und fast unhörbar gesungen, oder nur verwirrt, danach hatte sie Trauer gesungen und war lange Zeiten still gewesen, als wäre sie tot. Danach scheint sie von einer unerhörten Raserei ergriffen worden zu sein und angefangen zu haben, böse zu singen.

Er hatte acht Tage lang bösen Gesang ausgehalten. Er hatte fast überhaupt nicht schlafen können, und Ann war verzweifelt gewesen und hatte vorgeschlagen, daß sie versuchen sollten, Maria fortzuschneiden. Aber das hatte er nicht gewollt. Da hatte sie vorgeschlagen, daß man ihre Lippen zusammennähen sollte, aber was hätte das geholfen, sie sang ja nicht mit ihrem Mund. Und die ganze Zeit wurde der Gesang immer unerträglicher und eines Morgens hatte er sie verlassen, wie in Panik, und hatte den Zirkus aufgesucht.

Und so war er wieder da. Und trotzdem wollte sie nicht aufhören, böse zu singen.

Sie verzeiht nicht, sagte er. *Sie singt böse.*

Acht Tage nach Pinons Rückkehr zum Zirkus traf das ein, was das Ende der Geschichte herbeiführen sollte.

Er war wieder weg. Er war spurlos verschwunden. Dieses Mal ahnte man Unheil; keiner glaubte jedoch, daß er verschwunden sei, um die Frau, die hier »Ann« genannt wird, wieder aufzusuchen. Man ahnte, daß etwas Katastrophales geschehen war, und begann, die nächste Umgebung abzusuchen; der Zirkus befand sich gerade an einem kleinen Ort unmittelbar nördlich von Los Angeles, 10 Kilometer südlich von Santa Barbara. Man suchte die

Küste ab, fand aber nichts. Da begann man, zum Landes-inneren hin zu suchen, in den Canyons, die gerade nach Osten auf die Berge zu verlaufen; sie sind verbrannt und gelb und voll von verdorrtem Buschwerk, aber nach einiger Zeit fanden sie eine Spur, ein Junge hatte ein eigenartiges Monster mit zwei Köpfen in ein scharf ein-geschnittenes Tal hineintorkeln und darin verschwinden sehen, auf dem Weg nach Osten, und da begannen sie alle, systematisch dort zu suchen.

Man fand ihn nach einer halben Stunde; er lag auf der Seite in dem kleinen Bach, der am Boden der Schlucht floß.

Er war bewußtlos, doch der Kopf lag oberhalb des Was-sers. Er hatte offenbar versucht, sich das Leben zu neh-men. Seine Frau war jedoch bei vollem Bewußtsein, die Augen starr vor Entsetzen, der Mund in Bewegung wie kauend, und als sie die Retter kommen sah, fuhr ein Ausdruck von unerhörter Erleichterung, Schrecken und Befreiung zugleich über ihr Gesicht.

Er hatte versucht, sich das Leben zu nehmen, bekannte er später. Als sie das verstanden hatte, hatte sie aufgehört, böse zu singen. Danach hatte er nicht gewagt, sich das Leben zu nehmen. Es war aber zu spät umzukehren, er war total erschöpft, und als er versucht hatte zu trinken, war er gefallen und hatte sich verletzt.

Sie hatte die ganze Zeit gerufen, aber er hatte nicht die Kraft gehabt zu antworten.

Vier Mann trugen ihn den ganzen Weg zurück.

Sie schliefen vierundzwanzig Stunden; dann kamen sie heraus wie gewöhnlich, setzten sich auf die Treppe des Wohnwagens.

Alles war genau wie immer. Alle Mitglieder des Zirkus waren zu ihnen gekommen und hatten sich um die Treppe herumgesetzt, und alle konnten sehen, daß das Ganze vorüber war. Marias Augen waren aufs neue geöffnet, sie bewegten sich hin und her, der Mund war nicht mehr zusammengepreßt, eher zu einem kleinen, scheuen, fast entschuldigenden Lächeln geöffnet. Der Hundmann Jefficheff war, von den anderen aufgefordert, zu ihr gegangen und hatte mit einer Vogelfeder ihre Wange berührt; sie mochte das sehr, das wußten alle. Manchmal pflegte Pasqual ihre Wange mit einer Feder zu kitzeln, aber sie meinten, daß sie ihre Freude gemeinsam zeigen sollten.

Der Hundmann Jefficheff hatte also den Auftrag bekommen. Er rührte sehr vorsichtig mit der Feder an ihre Wange, da sahen alle, daß ihre Augen sich mit Tränen füllten.

Das war das erste Mal.

– Nun singt sie nicht mehr böse, hatte Pasqual gesagt.

Sie fingen alle an zu klatschen. Der Hundmann strich mit der Feder, langsam und vorsichtig. Pinon hatte auf der Treppe des Wohnwagens gesessen. Maria weinte, die Feder an der Wange, der Hundmann saß neben ihnen, die Morgensonne vom Stillen Ozean her, endlich waren sie wieder vereint.

Januar, leichter Schneefall.

Ich höre nichts mehr von K und seiner Frau. Nicht ein Brief. Sie scheinen zu glauben, daß Liebe und Tod zusammenhängen müssen. Im Augenblick mag ich sie überhaupt nicht.

Das Bild des Jungen noch immer glasklar in mir: er sitzt auf seinem Bett mit dem Laken um den Kopf, eingeschlossen in seiner unerhörten Scham. Dann bekommt er die Eispackung in die Hand, kühl wie ein Eisstück. Einen Löffel, einen Teller.

Löst das Laken, beugt sich vor und ißt.

Manchmal konnten aus diesem Erloschenen dennoch Worte kommen; er vergaß sich, redete leichthin, beinah munter. Einmal fing er plötzlich an, von seinem Bruder zu sprechen. Fünf Jahre bevor er selbst geboren wurde, hatte seine Mutter einen Sohn bekommen, der eine Woche nach der Geburt starb. Er wurde auf den Namen Christian notgetauft und begraben, und nun wiederholte er mit manischer Beharrlichkeit etwas, das ich zuerst als Schmerz auffaßte, das es aber nicht eigentlich ist. Nämlich, daß er selbst es wäre, der gestorben war und daß der Junge, der fünf Jahre später geboren wurde, sein Bruder wäre. Er schien, beinah metaphorisch, doch mit einer desperaten Überzeugung, nach einer Bekräftigung dafür zu suchen, daß er selbst tot wäre, nicht existierte, daß er irgendwo anders wäre und daß sein Bruder lebte.

Andere ähnliche Bilder konnten plötzlich, wie zufällig, auftauchen. So konnte er sagen, er heiße Pinsch und sei 1945 von den Russen gefoltert worden. Die ganze Zeit lautet die Botschaft: Ich bin nicht hier. Das bin nicht ich.

78

Ich bin nicht hier.

Im letzten halben Jahr, bevor es ihm gelang, sich das Leben zu nehmen, schien er irgendwie von einem System von beweglichen Bildern oder Leben umgeben zu sein, die alle außerhalb seiner lagen. Er war in allen diesen Bildern, tatsächlich war er nur in diesen Bildern. Einige dieser Bilder liebte er. Andere haßte er.

Aber es war absolut notwendig, das Zentrum zu verleugnen. Da drinnen, unter dem Laken, war nur ein bodenloser Schrecken.

Lieber die Gemeinschaft mit den Verworfenen.

Im Tagebuch ein isolierter Satz: »Ich sterbe glücklich, weil ich der einzige Mensch bin, der weiß, daß ich um meiner selbst willen geliebt worden bin.« (Juliana Pastrana).

Juliana Pastrana war ein berühmtes Monster, das in den letzten Jahren des 19. Jahrhunderts auf Tourneen durch ganz Europa reiste. Sie war recht klein gewachsen, aber der Körper war ansonsten wohlgeformt; doch sie war ganz und gar von einem langen, schwarzen Haarpelz bedeckt. Ihr ganzer Körper war behaart. Der Kopf war jedoch auf groteske Art mißgestaltet, er war grob und affenartig mit gewaltig vorgeschobenen Lippen und einer groben, fleischigen Gorillanase. Das Haar bedeckte auch den größten Teil der Backen. Sie konnte auf Englisch, Deutsch und Französisch Konversation treiben und spielte während der Vorstellungen kurze Menuette auf dem Klavier.

Sie verheiratete sich als Siebenundzwanzigjährige mit ihrem Manager und Tourneeleiter; es war ein Liebesverhältnis von starker Intensität, und als sie ein Jahr nach der Hochzeit erfuhr, daß sie schwanger war, kannte ihr Glück keine Grenzen.

Dann gebar sie das Kind, aber zwei Wochen nach der Geburt starben sowohl sie als auch das Kind, aus Gründen, die heute unbekannt sind. Es war während der letzten Woche, als sie wußte, daß sie sterben würde, daß sie zu jemandem sagte: »Ich sterbe glücklich, weil ich der einzige Mensch bin, der weiß, daß ich um meiner selbst willen geliebt worden bin.« Mit »um meiner selbst willen« meinte sie vermutlich: nicht wegen etwas Äußerlichem.

Nachdem sie und ihre Tochter gestorben waren, ließ ihr Mann die beiden Körper einbalsamieren. Er reiste die folgenden Jahrzehnte als Schausteller mit seiner Frau und seiner Tochter umher; sie wurden aufrecht stehend in einem Glasschrank aufbewahrt. Für lange Zeit war der Glasschaukasten verschwunden, wurde aber in den 6oer Jahren auf einem Dachboden in Oslo wiedergefunden.

Es fällt auf, daß das Kind sehr feingliedrig und schön ist, ohne jeden grotesken Zug. Die Einbalsamierung der beiden ist mit großer Sorgfalt, fast ist man versucht zu sagen mit großer Liebe, ausgeführt worden. Juliana trägt ein schönes Kleid, ziemlich kurz, um mehr von den Beinen zu zeigen, sowie zwei Rosetten im Haar.

Sie starb glücklich. Kann man es noch sehen? Das ist möglich. Aber manchmal sollte man über Liebe nicht zuviel fragen.

Pinon: er hatte behauptet, daß er einmal ein Kind gehabt hätte, es jedoch nie zu sehen bekam.

Er hatte es Helen Portitz gesagt, in einem der letzten Monate. Maria hatte die Augen geschlossen und sich schlafend gestellt. Aber man konnte sehen, daß es in ihren Augenlidern zuckte, als hätte sie gehört oder verstanden.

Keine Andeutung davon, wer die Mutter war. Ich schrieb mehrmals und fragte. Keine Antwort.

»Zucken um die Augen.« Aber sie hatte ihm doch ein für allemal verziehen?

Es konnte ja trotzdem wehtun.

Nein, ich habe mich falsch erinnert. »Lieber zusammen mit den Verurteilten als mit den Freigesprochenen.«

Ich hörte die Geschichte zum ersten Mal Anfang der siebziger Jahre von einer jungen Studentin in Los Angeles, Katherine. Sie hatte eine Großmutter, die Helen Portitz hieß.

Jetzt kommen keine Briefe mehr. Weiß nicht einmal, ob sie noch lebt. Doch auf die Frage nach dem Kind hätte sie antworten sollen.

Vielleicht will sie nicht, daß jemand an Pinon rührt. Es gibt eine Geschichte in einem ihrer ersten Briefe, die darauf hindeutet. Sie handelt davon, was nach seinem Tod mit Pinon geschah.

Nachdem alles zuende war, und sie die Nacht durchgewacht hatte, war sie nach Hause gegangen und hatte fast vierundzwanzig Stunden geschlafen, weil sie trotz allem so aufgewühlt war. Dann war sie zu ihrer Arbeit ins Krankenhaus von Orange County zurückgekehrt und hatte gefragt, was mit dem Körper geschehen sei.

Zuerst hatte niemand Auskunft geben können oder wollen. Da hatte sie nach und nach große Angst bekommen, oder war es Erregung gewesen. Zuerst hatte sie gebeten, untersuchen zu dürfen, wo er war, dann gefordert, dann zu schreien angefangen. Sie war vollkommen außer sich gewesen, warum wußte sie nicht. Doch, vielleicht weil sie Angst bekommen hatte.

Daraufhin hatte ihr die Krankenhausleitung, sehr irritiert, die Erlaubnis gegeben, den Körper zu inspizieren. Sie hatte nach langem Suchen den Obduktionsraum gefunden, wo der Körper aufbewahrt wurde. Mitten auf einem Tisch sah sie Pasqual Pinon und seine Frau Maria wieder.

Es war jedoch nicht der ganze Körper, sondern nur der Kopf. Man hatte Pinons Kopf abgesägt und ihn auf eine flache Obduktionsschale gelegt, ganz offensichtlich war beabsichtigt, den Kopf für wissenschaftliche Zwecke zu verwenden, zum Beispiel im Unterricht. Pinon und seine Frau sollten auch nach ihrem Tod weiter betrachtet werden. Aber nun von der Nachwelt.

Helen Portitz hatte sich auf einen Stuhl gesetzt und empfunden, was sie im Brief als »starke Melancholie« beschreibt. Dann war eine unerhörte Empörung in ihr aufgestiegen. Sie war zur Leitung des Krankenhauses hinaufgegangen und hatte darauf hingewiesen, daß sie fast ein

Jahr lang Pinon persönlich gepflegt habe und daß sie nicht daran denke, ihn nach dem Tod erniedrigen zu lassen. Falls Pinon und seine Frau kein ordentliches Begräbnis bekämen, drohte sie, an die Öffentlichkeit zu gehen und einen Skandal zu inszenieren, und das würde dem Ruf des Krankenhauses ernsthaft schaden.

Es kam zu einer heftigen und irritierten Diskussion. Aber schon nach ein paar Stunden bekam sie Bescheid: Pinon und sein Körper sollten als Ganzes begraben werden.

Sie war zu diesem Zeitpunkt entsetzlich aufgewühlt gewesen, hatte heftig geweint, doch dann hatte sie sich zusammengenommen, den Kopf in einen Papierkorb gelegt und war zum Obduktionssaal gegangen, in dem der Rest des Körpers noch aufbewahrt wurde. In ihrer Erregung hatte sie nicht einmal das richtige Arbeitsmaterial mitgenommen, hatte das des Krankenhauses nicht benutzen, aber auch nicht umkehren wollen, ohne Pinons Kopf unter Kontrolle zu behalten. Sie hatte deshalb, aus ihrer eigenen Handtasche, eine ganz gewöhnliche Nadel und ein Garn hervorgeholt, das dem deutschen Begriff »Eisengarn« entsprochen haben muß; sie schreibt »a bear cotton thread«. Dann hatte sie ganz einfach die Stopfnadel genommen und das Eisengarn eingefädelt, und obgleich sie sehr erregt gewesen war, versucht, sich zu beherrschen. Und mit der Arbeit begonnen.

Sie hatte Pinons und Marias Kopf genommen, an den Hals gesetzt, und dann ganz einfach zu nähen angefangen.

Es hatte fast eine halbe Stunde gedauert. Langsam und unter großer Mühe hatte sie den Kopf mit Hilfe der Stopfnadel, die sie zu einem Haken gebogen hatte, am

Rumpf befestigt. Zum Schluß hatte sie gefunden, daß es ganz gut wurde. Um den Hals herum zog sich eine Zickzacklinie, die etwas eigenartig aussah, aber der Kopf saß fest, und wenn sie eine Mullbinde um den Hals legte, konnte ja niemand etwas sehen.

Pinon hatte dort gelegen, und alles war wie früher gewesen. In der Tür des Obduktionsraumes waren dann und wann Personen vom Krankenhaus erschienen. Einige hatten mit ihr sprechen wollen, um gewisse Dinge zu diskutieren oder sie zur Vernunft zu bringen, aber sie hatte sich beharrlich geweigert zu antworten, sondern nur genäht und genäht.

Schließlich hatten sie begriffen, daß sie es ernst meinte.

Als sie fertig war, hatte sie eine Bahre an Pinons Seite gestellt und seinen Körper hinüber gezogen. Dann hatte sie die ganze Nacht gewacht. Und am folgenden Morgen hatte, wie abgemacht, in Stille die Beerdigung stattgefunden. Nur sie war zugegen gewesen. Sie hatte es auch so haben wollen.

Als einziges, außer der kurzen Andacht des Pfarrers, hatte sie als einen letzten Gruß an Pasqual und Maria Pinon allein die zwei Lieder gesungen, die sie immer bei den Vorstellungen vorgetragen hatten – er mit Gesang, Maria mit stummen Lippenbewegungen. Sie hatte also, ohne Begleitung, die Lieder »Näher, mein Gott zu Dir« und »Happy Birthday« gesungen.

Sie schreibt nicht viel über ihre Motive, oder Gefühle, oder warum sie es tat. In bezug auf die technischen De-

tails, angefangen bei dem Garn, welches sie benutzte, bis hin zu Einzelheiten der Begräbniszeremonie, ist sie recht ausführlich. Über die Motive – nichts.
Ich glaube eigentlich, sie tat es, weil sie eine Wahl getroffen hatte.

Begräbnis in aller Stille.
In der Woche darauf war sie vom Krankenhaus entlassen worden. Es hatte sie nicht überrascht.

V
Der Gesang vom gestürzten Engel

Was hatte der Junge in diesen zwei Kindern gesehen, was sah er? Was jagte ihm solches Entsetzen ein, daß er sie töten mußte?

In der Nervenheilanstalt schrieb er kleine Zettel mit eigenartigen Aufzeichnungen: zuerst schrieb er sie, danach beschmierte er sie mit Exkrementen und warf sie auf den Fußboden.

Man sammelte sie ein. Sie wurden registriert und analysiert. Sie ergaben keine Antworten. »Gestürzter Engel«, hatte auf einem gestanden. »Ich bin wohl trotzdem immer noch eine Art Mensch«, auf einem anderen.

Eine Art.

Acht Monate vor dem Tod des Jungen war K zu Besuch gewesen. Das Normale pflegte zu sein, daß der Junge mit dem Laken über dem Kopf auf dem Bett lag oder auch saß, mit umwickeltem Kopf. Nur wenn er seine Cassata aß, nahm er das Laken ab.

An jenem Tag war es anders gewesen.

Er hatte auf dem Bett gelegen, nur in Unterhosen, kein Laken, und hatte an die Decke gestarrt. Die Knöchel der einen Hand bluteten, und auf dem Fußboden lag eine zerrissene Plastiktüte von Konsum. Er hatte versucht, sich zu ersticken, es aber nicht geschafft. Er hatte es nicht geschafft, die Plastiktüte lange genug verschlossen zu halten, aber er hatte wie ein Tier gekämpft, um durchzuhalten und mit der rechten Hand gegen die Wand geschlagen, so daß die Haut über den Knöcheln aufgeplatzt war. Doch er hatte es nicht geschafft, sondern die Tüte zerrissen.

Als er sie zerriß, hatte er gebrüllt. Sie waren herbeige-
stürzt. Er hatte nur gesagt, daß er K sehen wollte. Daraufhin hatten sie angerufen.

Woher hat er die Tüte, hatte K gefragt. Woher hat er die
Idee, hatten sie ihn gefragt. Aber K hatte gesagt, er wüßte
es nicht.

Es ist klar, daß ich mich unangenehm berührt fühlte.
Diese plötzliche Verantwortung, könnte man sagen.
Doch vielleicht sollte man häufiger gezwungen werden,
unangenehm berührt zu sein.

K hatte die anderen fortgeschickt und dann den Jungen
gefragt, was er sagen wollte. Aber er hatte anscheinend
gar nichts sagen wollen, wollte nur, daß K eine Weile seine
Hand hielte. Und also hatte K die ganze Nacht dort
gesessen, denn der Junge hatte solche Angst gehabt und
nicht gewollt, daß er ginge.

Also hatte K dort auf dem Bett gesessen, und der Junge
hatte mit dem Kopf in seinem Schoß gelegen, und K hatte
ihm übers Haar gestreichelt, bis er eingeschlafen war. Er
hatte nur einen einzigen Satz gesagt: »Ist es nicht unge-
recht, daß ich es sein mußte, der ausersehen wurde?«

Als ob jemand ihn gezwungen hätte, zwei kleine Kinder
zu ermorden. Es ist möglich, daß er kränker war, als er
wirkte.

Es war, in diesem letzten Jahr, etwas in K's Verhältnis zu dem Jungen, das absolut unmöglich zu verstehen ist.

Erst dieser unerhörte Haß. Und dann – ja es war, als ob der Junge sein eigenes Kind geworden wäre, oder als ob er ihn wirklich geliebt hätte.

Er erzählte, daß er die ganze Nacht gesessen hätte, auf dem Bett gesessen mit dem Kopf des Jungen in seinem Schoß. Er hatte nicht einmal das Laken mehr gebraucht. Er hatte da gesessen und dem Jungen über das Haar gestrichen, vorsichtig, als wäre seine Hand die Flügelfeder eines Vogels gewesen. Zum Schluß, als es bereits Mitternacht geworden war, waren die Atemzüge des Jungen langsam und ruhig geworden, er war schließlich eingeschlafen. Der Raum hatte im Dunkel gelegen, und das Licht der Parklampen war an die Decke gefallen, aber der Junge hatte geschlafen, still, das helle Haar zerzaust und die Lippen in einem beinah kindlichen Lächeln geöffnet.

Er hatte gesagt, als er erwachte, daß er von einer Katze geträumt hätte.

Es ist sehr eigenartig. Aber manchmal glaube ich, K liebte ihn mehr, als er jemals sein eigenes ermordetes Kind geliebt hat.

Er hatte bis fünf Uhr geschlafen.

Draußen hatte es geregnet. Kein Mensch war im Krankenhauspark von Ulleråker. K hatte seine eigenen Schlüssel bei sich. Er hatte die Tür aufgeschlossen, einen Pullover, einen Regenmantel und ein Paar Stiefel geholt, und dann hatten sie im Morgengrauen gemeinsam einen langen Spaziergang durch den Regen gemacht.

Sie hatten einander an der Hand gehalten, aber kein Wort gesagt. Es war das erste Mal, daß der Junge draußen war, genauer gesagt: es war das erste Mal, daß er zu gehen wagte. Er ging vorsichtig, wie auf sehr dünnem Eis. Er sah fast die ganze Zeit zu K auf, scheu, aber freundlich, als ob er ihm nun zuletzt trotzdem verziehen hätte.

Was sehen wir, wenn unser Blick auf uns selber fällt? Aber solche Augenblicke sind so kurz. Man kommt fast gar nicht mit.

Und dann vergißt man wieder.

Ich betrachte die Bilder von Pinon, wachsam, als ob das Geheimnis jeden Augenblick erklärt werden würde. Er trug sie sein ganzes Leben lang, wie der Grubenarbeiter seine Stirnlampe trägt; aber was war das eigentlich für ein Licht, das aus dieser mächtigen Lampe fiel.

Fiel, direkt in uns hinein.

K hat mir einige der manisch niedergeschriebenen Mitteilungen gezeigt, die man im Zimmer des Jungen gefunden hat; einige erst nach seinem Tod aufgefunden.

Kurze Mitteilungen in einem fremden Kode. Man weiß nicht, ob die Wörter von ihm selbst stammen oder ob er sie in einem Buch gefunden hat. Ich erkannte auf jeden Fall nichts wieder. »Jemand muß das Verbindungsglied zwischen Licht und Dunkel sein.« »Nur die Schuldigen verdienen, freigesprochen zu werden.«

Das Merkwürdigste war ein dickes Notizbuch, vielleicht zweihundert Seiten im A 5-Format, von vorn bis hinten beschrieben. Allerdings hatte er nur einen einzigen Namen geschrieben, Zeile für Zeile, Tausende von Malen. Theresa. Theresa. Theresa. Manisch, Stunde um Stunde, ein Rosenkranz von Namen, den zu schreiben Ewigkeiten gedauert haben muß.

K fragte mich, ob ich wüßte, wer sie wäre. Ich sagte, daß ich es nicht wüßte; ich kannte keine Theresa. Das tu ich auch nicht, vielleicht. Ich weiß nicht, wen er meinte, sofern man nicht metaphysische Antworten sucht, was ich nicht will. Aber in dem Fall kann sie Theresa vom Kinde Jesu sein, die Heilige der Verstoßenen, und dann war es wirklich ein Rosenkranz, den er tief drinnen in seinem schreckerfüllten Dunkel schuf.

Diese mit Kot beschmierten kleinen Briefe.
»Ich bin trotzdem immer noch eine Art Mensch.«

Heute morgen wieder Nebel über dem See. Kein Eis mehr.
Ich untersuche genau meinen Benjaminfikus. Die Toten maskieren ihr Leben gut: noch keine Blätter.

Eine Zeitlang wurde viel über Pinon geschrieben. Danach wurde sehr wenig geschrieben. Das war in den letzten Jahren.

Einige der Artikel handeln von der Sekte.

Ein deformierter Mensch, also ein Monster, mit Namen Anton Lavey kam im Herbst 1930 auf einer Tournee nach Los Angeles und verließ den Zirkus im Oktober desselben Jahres. Es war eine andere Truppe als Pinons; heute ist es schwierig, genau zu bestimmen, wieviele herumreisende Zirkustruppen mit Monstern es damals gab, der Kulminationspunkt lag in den zwanziger Jahren. Aber es ist offenbar, daß Lavey und Pinon irgendwie Kontakt miteinander bekamen.

Zwei Monate nach der Ankunft in Los Angeles gründete Lavey eine Sekte, eine religiöse Sekte, deren Glaubensinhalt Teufelsverehrung war.

Lavey hatte eine Geschwulst, die die rechte Wange bedeckte. Sie begann an der Stirn, lief um das Auge herum, bedeckte die Schläfe, schwoll über der Backe an und endete am Kiefer. Sie stand ungefähr fünf Zentimeter vor und war von blauschwarzer Farbe. Man kann auch sagen: die Geschwulst war ein gigantisches, aber keineswegs monströses Muttermal, eine riesige blauschwarze Kröte, die sich einmal an seiner Backe festgesaugt und sein Leben zerstört, ihm aber dennoch keine vollwertige eigene Identität als Monster gegeben hatte.

Es gab nichts, wonach man ihn benennen konnte. Nicht Schlangenmann, nicht Hundmann, nicht Doppelkopf, nicht menschlicher Wolf, nicht Krokodil, nichts. Er war nichts, befand sich in einer grauen Übergangszone zwischen Mensch und Monster, im besten Fall war er ein sehr mittelmäßiges Monster, welches als Vornummer zu den echten, interessanten und authentischen dienen konnte. Eine Art Anheizer vor den richtigen Stars.

Er gründete seine Gemeinde in Westwood, Los Angeles, zog aber im Jahr darauf mit seiner Anhängerschaft nach San Francisco um, wo sie als »die Teufelskirche von San Francisco« sehr bekannt wurde. Es entstand rasch eine dichte Gerüchteflora um die Sekte, aber im Nachhinein sind die Tatsachen wenig aufsehenerregend.

Das Ganze war sehr einfach. Die Sekte gründete auf einer Religion, die auf dem Satanismus aufbaute, und die Gemeinde bestand fast vollständig aus mißgestalteten Menschen. Es war die Kirche der Monster, nichts anderes. Man kann sagen: eine Gemeinde von Menschen, deren Menschlichkeit in Frage gestellt worden war.

Satan, der aus dem Himmel verstoßene und verworfene Engel, wurde der Gott der Sekte. Ihn verehrten sie, in einem Glauben, der humanistisch war, nicht theologisch. Während die Christen Gott ins Zentrum stellten, stellte der Satanismus den Menschen ins Zentrum. Während Gottes Sohn zum Himmel aufgestiegen war, war Satan vom Himmel hinabgestürzt worden, hinunter zu den Menschen, und dort war er geblieben. So war er der Heilige der Ausgestoßenen geworden, der Gott der Zurückgewiesenen, der Nicht-Erfolgreichen, der Verworfenen, der Nicht-Vollendeten, also des Menschen Gott. Ihn beteten sie an, ihr Glaube war humanistisch. Vor die Frage gestellt: Was ist ein Mensch? eine Frage, vor die alle Mitglieder der Sekte viele Male gestellt worden waren, und die sie aus persönlichen Gründen auch beantwortet haben wollten; vor diese Frage gestellt, benutzten sie sich selbst als Antwort, oder versuchten sich selbst als Antwort.

Gegen einen Glauben an den Menschen als wohlgestaltet, normal und nicht anstößig stellten sie sich selbst. Die Mißgebildeten, die Ausgestoßenen wurden der Prüfstein, der Beweis dafür, auf wessen Seite man stand. Und weil Gott einst Satan verstoßen hatte, verstießen die Monster nun Gott.

Es war sehr einfach, vielleicht allzu einfach. Aber für sie war die Wahrheit offensichtlich: sie sahen sich als die letzten Verteidiger des Menschen. Sie befanden sich an der letzten Grenze des Menschen: dort, an der Grenze, schlugen sie ihr Lager auf.

Pinon schloß sich der Sekte im Frühjahr 1931 an.

Ein einziges Bild von den Aktivitäten der Sekte ist erhalten; es ist im übrigen auch in »A Monster's Life« wiedergegeben.

Es ist ein Gruppenbild.

Die Gemeinde ist in dem Raum photographiert, in dem die schwarzen Messen gehalten wurden. Der Raum scheint sehr einfach zu sein, vielleicht nur ein Kellerraum oder eine Garage, man erkennt nackte Wände mit aufgehängten Zeichen, einen langen Tisch, sowie eine Anzahl Stühle. Von den Stühlen sieht man nur die Rücken. An der hinteren Wand sieht man aufgehängte (schwarze?) Tücher, und auf dem Tisch sind einige der klassischen Insignien der schwarzen Messe angedeutet: zwei Leuchter mit schwarzen brennenden Kerzen, eine runde Schale, zwei nachlässig gekreuzte Messer, einige Bücher von nicht identifizierbarem Charakter.

Hinter dem Tisch die Teilnehmer der Messe.

Ein Bildtext gibt ihre Namen an. Der Text hat einen leicht komischen Anstrich, weil der Verfasser offenbar stärker an ihren Deformationen als an ihrem Glauben interessiert war. Er gibt bei den Schwestern Edith und Helen Morris ihre Größe an (59 bzw. 48 Zentimeter) – doch die meisten anderen werden lediglich mit ihren Artistennamen vorgestellt. Da ist Miss Pinguin mit den eigenartigen dezimeterkurzen Beinen und den platten Füßen ohne Zehen, Miss Suzy (die Frau mit der Krokodilshaut). Weiter eine Elefantenfrau, drei Affenmenschen, eine Frau mit Haaren am ganzen Körper. Auf dem Tisch Adrian Jefficheff, der Hundmann.

Da steht auch Anton Lavey, der Sektengründer, mit seiner charakteristischen Geschwulst über der Backe.

Man kann auf dem Bild bis zu 16 Personen zählen. Keine von ihnen lächelt. Sie halten einander krampfhaft an den Armen, als würde irgendetwas vielleicht passieren, als stände ein feindlicher Angriff bevor, als bereiteten sie sich gerade vor, als hätten sie beschlossen, trotz allem zusammenzuhalten. Sie blicken geradeaus in die Kamera.

Ganz links steht Pasqual Pinon. Er hält seinen mächtigen Doppelkopf aufrecht, er trägt seine Frau wie eine Lampe, nein, ich irre mich, plötzlich trägt er seinen Kopf und seine Frau auf eine ganz andere Weise.

Ein Helm? Bereit zum Kampf.

Ich träume immer mehr von Pinon. Er ist jetzt zu einem vollkommen selbstverständlichen Teil der Nacht geworden, zu einem fast alltäglichen Teil. Alle die alten Träume wiederholen sich, ich kann sie wie üblich nicht deuten, aber Pinon ist dabei. Das ist das Neue. Er dominiert immer mehr.

Im Traum ist alles rational, und gar nicht unerklärlich. Im Traum fügt sich das Unerklärliche zusammen, und ich verstehe. Es ist überhaupt nicht sonderbar. Alles läßt sich erklären.

Träumte heute nacht: saß mit Pinon und seiner Frau am Meer, an der alleräußersten Grenze zum Meer. Wir hatten ein Feuer angezündet. Ich hielt seine Hand in meiner, und Maria sang für uns wie gewöhnlich, nicht böse, sondern traurig, lautlos und deutlich, genau wie sie immer sang und wir es immer verstanden und liebten.

Sie wußte ja auch, daß wir verstanden.

Trotzdem war es der alte Traum, in den wir einbezogen waren. Es war der alte, der von der Ewigkeit, der mich früher immer in Angst versetzte, weil ich früher immer allein war mit der Ewigkeit und Angst hatte, und nicht wie jetzt in ihre selbstverständliche Liebe einbezogen war. Der Himmel war, wie in dem alten Traum, sehr dunkel, und ich wußte, daß es weit dort draußen einen Felsen gab, eine Meile lang, eine Meile breit und eine Meile hoch. Und jedes tausendste Jahr kam ein Vogel geflogen und wetzte seinen Schnabel an dem Felsen. Und wenn der Felsen abgewetzt war, war eine Sekunde der Ewigkeit vergangen.

Früher träumte ich mich immer allein in dem Traum. Welch unerhörter Unterschied zu jetzt, nachdem ich Pinon und seine Frau kennengelernt hatte. Alles hatten sie mich gelehrt, und im Traum verstand ich genau. Ich hielt Pinons Hand in meiner, und Maria sang lautlos und still, und ich glaube fast, daß ich glücklich war.

Das Tagebuch: »Agape: sich nicht der Vergebung verdient machen müssen.«

Sie fanden gegen Ende ihres Lebens großen Trost in diesem Glauben. Als schlösse der Kreis sich; was sie nicht verstanden hatten, wurde ein wenig deutlicher, das Unnatürliche verschwand, das Verwirrende wurde begreiflich.
Ich glaube es. Ich weiß es ja nicht sicher. Aber in einer Nacht wie gestern, wenn Pasqual und Maria mit mir am äußersten Rand des Meeres sitzen und Maria singt, dann lernt man ja auch ein Teil. Man soll das nicht unterschätzen oder verachten.
Früher, als sie als Kinder Satans betrachtet wurden, damals, als sie im Dunkel der Grube saßen, als sie nur die Stricke am Körper gespürt und die Feuchtigkeit und den Schmerz in den Wunden gespürt hatten, da hatten sie ja nicht gewußt, daß ihr Leiden einen Sinn hatte, sie waren verstoßen aus der Liebe, herabgestoßen vom Himmel der Liebe. Ihr Leiden war durch und durch sinnlos gewesen. Ein Leiden ohne Sinn war das Schmerzlichste von allem. Nun verstanden sie, daß durch Gott ein Riß hindurch-

ging, daß die Liebe Tod und Leben zugleich war, und daß sie selbst das Leben repräsentierten. Jetzt verstanden sie, daß ihr Leiden ein Opfer gewesen war für den Gott, den sie gewählt hatten, nicht den, der Satan hinabstürzte, sondern für den Menschen. Und daß der Schmerz notwendig gewesen war, gerade deshalb.

Also fühlten sie am Schluß Versöhnung. Es gab einen Himmel auch für die vom Himmel Verstoßenen, und dort befanden sie sich jetzt, mit einer Aufgabe von höchster Bedeutung betraut. Sie waren damit betraut, die äußerste Grenze der Erde und des Menschen zu bewachen, als Verteidigung für die Geringsten. Sie verstanden jetzt, daß diese Monster in Wirklichkeit geschaffen waren als ein Glaubensbekenntnis an den Menschen, den heiligen Menschen, unkränkbar als Prinzip und daher ständig gekränkt, einzigartig, wie deformiert seine Gestalt auch immer sein mochte. Sie verstanden deshalb, daß ihnen eine höhere, schwierigere Aufgabe übertragen war dadurch, daß sie zu den Niedrigsten gehörten, und zu den Äußersten. Sie waren der eigentliche Prüfstein: der deformierte Mensch, der zeigte, auf wessen Seite man stand: der des vollkommenen Gottes, oder der des unvollkommenen Menschen.

Sie begannen zu verstehen. Und das machte es ihnen in den letzten Jahren leichter zu leben.

Wenn sie in der Kirche der Sekte ihre Lieder sangen, war Pasqual Pinon immer stumm. Wenn er auftrat, war er es, der sang, doch in der Kirche saß er mit seinem mächtigen doppelten Kopf still, aufrecht und schweigend auf seinem Stuhl. Hier sang er nie. Nur sie sang – ihre Lippen bewegten sich ja, das konnten alle sehen, bewegten sich wie zum Gesang.

Aber keiner außer Pinon konnte sie hören.

Vielleicht blieb er deshalb stumm: er hatte endlich gelernt, nach innen zu lauschen, dem stummen Gesang, der Himmelsharfe in ihr, die er – das hatte er schließlich eingesehen – liebte. Es hatte seine Zeit gebraucht. Ihre ganze Ehe hindurch hatte ihr Gesang eine so große Rolle gespielt – zuerst in der Grube, wie eine schneidende Dissonanz, ein hilflos heulender Klagegesang von einer Himmelsharfe, deren äußerster Punkt nicht in der Liebe, sondern im Tod befestigt war, an einem schwarzen Stern draußen im All. Es war ein Trauergesang, der ihn verzweifelt machte, denn er sang von einem Leben ohne Sinn, von jemand, der nie gesehen wurde, der in einem Schmerz lebte, der nirgendwohin führte.

Dann wurde es weicher Gesang und freundlicher Gesang; sie waren befreit worden, etwas bewegte sich. Dann wurde es böser Gesang, sie versuchte, ihn zu töten, böser Gesang, böser Gesang. Dann saßen sie auf der Treppe in der Morgensonne vom Stillen Ozean her, und der Hundmann strich mit einer Vogelfeder über ihre Wange, und sie sang wieder liebevoll, nicht wie in den fürchterlichen vierzehn Tagen, da die Frau versucht hatte, sich zwischen sie zu drängen, und versucht hatte, ein Kind zu bekommen und es vielleicht geschafft hatte, nur um ihn zu besitzen und ohne zu verstehen, ohne zu verstehen, ohne zu verstehen, ohne zu.

Liebe, die nur Tod war.

Und dann zum Schluß – ja, vielleicht war es ein Gesang, der wie ein Kirchenlied klang. Aber nicht an irgendeinen Gott. Sie sang für die Monster um sie herum. Und sie war sicher, daß sie verstehen würden.

Wenn sie in der Gemeinde sangen, schwieg Pasqual. Aber er lauschte nach innen, so muß es gewesen sein. Er konnte sie sicher vollkommen deutlich hören, und vielleicht wollte er niemand anderen hören. Niemand anderen als sie.

VI
Koda

Sie hatten sie beim Hobelwerk abgesetzt; es war im März, spät am Abend und noch Tiefschnee, und der Chauffeur, es war Marklin, hatte sich umgedreht und nach hinten in den Bus gefragt, ob da nicht jemand wäre, der sich ihrer erbarmen könnte. Aber sie hatte nicht gewollt. Dann war sie durch den Schnee hinaufgegangen, zum Waldrand.
Das Haus war dunkel.
Der unerhörte erste Schritt hinein in die lange Einsamkeit: wie der schwindelnde Schritt hinaus in eine unermeßliche Leere.

Ich war ja erst sechs Monate alt, als er starb, also erinnere ich mich nicht an ihn.
Nach seinem Tod fand man in seiner Tasche einen Notizblock mit Gedichten, die er geschrieben hatte, mit der Hand, mit Bleistift. Das war ein wenig eigenartig, Holzfäller dort oben schrieben nicht so häufig Gedichte.
Man verbrannte das Heft sofort.
Ich weiß nicht warum. Aber vielleicht war es so, daß Gedichte Sünde waren, daß Kunst etwas Sündiges war, daß er gefallen war, und daß es daher am besten war, sie zu verbrennen. Aber ich möchte manchmal wissen, was da stand.
Also: man verbrannte, und es war weg. Eine Mitteilung, die nie abgesandt wurde. Manchmal glaube ich, daß ein Teil dessen, was ich selbst zu tun versucht habe, aufgefaßt werden muß als Versuch der Rekonstruktion eines verbrannten Notizblocks.

Wir wollten uns alle drei in K's Sprechzimmer treffen: K, seine Frau und ich. Wir wollten die restlichen Sachen des Jungen zusammenpacken und versuchen, einen Brief an seine Angehörigen zu formulieren.

Es war ja möglich, daß sie sich schämten. Daß sie nicht einmal von ihm als Totem etwas wissen wollten. Aber wir mußten ja trotzdem schreiben.

Es war Abend, spät, keine Schwester mehr in der Anmeldung. Ich glaubte, ich wäre der erste, weil kein Licht brannte. Da sah ich sie.

Sie standen wie eine dunkle Silhouette gegen das Fenster, das von den Straßenlaternen erleuchtet war, sie umarmten sich, wie zwei ineinandergewachsene Bäume. Es war ein so eigenartiges Bild, und ich werde es nie vergessen, es war angefüllt mit all dem Entsetzlichen in diesem Anstaltspark, der mir immer wie voll von kahlen Bäumen und grauem fallendem Regen und absolut unerbittlichem Tod vorgekommen war. Und diese Straßenlaternen. Und immer Regen. Und nun standen diese zwei Menschen, die ich seit zwanzig Jahren so gut kannte und die ich niemals verstanden hatte, und nicht ihre Liebe, vor allem nicht ihre Liebe, nun standen sie ganz still vor diesem entsetzlichen Hintergrund und umarmten sich. Ihr Kind war ermordet, sie hatten es geliebt, und der Junge, den sie auch geliebt hatten, war auch fort, und sie hatten versucht, Fragen nach dem grundlosen Bösen und nach der grundlosen Liebe zu stellen, aber keine Antworten gefunden.

Nun standen sie stattdessen im Dunkeln und hielten einander umschlungen, schweigend und still, als ob sie sagen wollten: dies bleibt ja trotzdem. Dies ist uns geblieben. Und warum nicht. Vielleicht ist das die Antwort.

Später, am gleichen Abend, sollte er wieder zu ihr ziehen. Doch das wußte ich da noch nicht. Ich hätte es ja nicht verstanden. Ich verstehe vielleicht nicht viel von dieser Geschichte, vielleicht habe ich sie deshalb erzählen wollen. Sie hörten nicht, daß ich kam, und ich sagte nur:
– Da komm' ich nicht mehr mit.

Ich halte das Gesicht dicht, ganz dicht an den Stamm des toten Benjaminfikus und untersuche ihn.
Da. Kein Zweifel. Er lebt. Auch die Toten folgen dem Rhythmus der Jahreszeiten. Ich wußte es.

Wir packten das Wenige, was er besessen hatte, die Reste der Habseligkeiten des Jungen, zusammen und schickten sie ab. Dann war es vorbei. Ich nehme an, wir hofften, daß es so sein würde, als hätten wir bestimmen können: daß das die ganze Geschichte wäre. Daß wir den Fall abschlossen, das war es; die Tür zumachten und weitergingen. Abschlossen, zumachten. Obwohl wir ja wußten, daß es so niemals werden würde.
Wir schickten ab, und dann wurde es still. Keine Antwort von irgendjemandem. Das war ja auch, was wir erwartet hatten.
Etwas habe ich jedoch behalten, ein einziges kleines Stückchen von dem Wenigen, das sein war. Ich habe es vor mir, und jetzt hängt es auf irgendeine Weise mit all dem übrigen zusammen: mit Pinon, mit dem See, mit

dem Morgennebel, mit dem Vogel, der aufflog und verschwand. Ich habe es vor mir, ich werde es nie hergeben. Es ist nichts besonderes, nur ein kleines schmutziges Papier, einmal zusammengeknüllt. Ich habe es geglättet, so gut ich konnte.

Es ist eine Art Mitteilung, mit Bleistift geschrieben, nur vier Worte, abgesandt von dem Punkt, an dem er sich befand, einem schwarzen Loch von unerhörtem Grauen, in der Absicht, jemanden dort draußen zu erreichen, irgendjemand, jemand, von dem er sich vorstellen konnte, daß er die Mitteilung auffinge. Irgendjemand, also auch ich.

Darum behalte ich die Mitteilung. Dort steht nur: »Hauche mein Gesicht hervor.«

Sie lebten und starben gefangen ineinander. Zuerst unglücklich, danach – es war wohl Glück. Er trug sie, wie ein Grubenarbeiter seine Stirnlampe trägt; durch diese Lampe fielen Dunkel und Licht, es war wie es meistens ist.

Im Spiegel konnte er ihr Gesicht sehen, die Augen, die sich öffneten und schlossen, die hilflos zuckenden Augenlider, wie bei einem gefangenen Rehkitz, den Mund. Er rührte sanft an ihre Wange. Er hätte sie küssen wollen, aber er konnte ja nicht. Er fand sie schön. Er hatte sie nicht gefangenhalten wollen, aber er hielt sie gefangen. Es gab eine Zeit, da haßte sie ihn dafür.

Später hatten sie verstanden.

Sie gefangen in seinem Kopf, er gefangen in ihrem. Gefangen ineinander lebten sie dicht an der äußersten Grenze, ihre Ehe war ein Zustand, der nicht über das Gewöhnliche hinausging, aber vielleicht deutlicher war. Sein ganzes Leben lang trug er sie, zuerst mit Wut und Haß, danach mit Geduld und Resignation, am Ende mit Liebe.

In den letzten Jahren wollte er immer mit der Hand an ihrer Wange einschlafen.

Er starb am Abend des 21. April 1933 in einem Krankenhaus in Orange County in Los Angeles. Die Krankenschwester, die ihn das letzte Jahr gepflegt hatte, und die Helen hieß, saß die ganze Zeit an seiner Seite. Sein Tod war schmerzfrei: als er starb und das große dunkle Gesicht still wurde und der Arm herabfiel, da geschah es leicht, wie wenn ein Vogel vom See auffliegt, lautlos und leicht, durch den Nachtnebel steigt und verschwindet: ganz leise, still. Dann ist er fort.

Dem Journal zufolge starb Maria acht Minuten nach ihm.

Als er starb, hatte sie zuerst die Augen aufgesperrt, mit einem Ausdruck unerhörten Entsetzens, als hätte sie sofort verstanden, was geschehen war; der Mund, der ihr ganzes Leben hindurch versucht hatte, eine Nachricht zu übermitteln, bewegte sich, als bäte sie um Hilfe. Aber auch jetzt kamen keine Laute heraus. Keine Laute. Einige Minuten lang war es, als versuchte sie verzweifelt, jemandem dort draußen eine Nachricht zuzurufen, vielleicht galt sie ihm, vielleicht versuchte sie in ihrer Angst, ihn zurückzurufen. Aber der Vogel war aufgeflogen, der Nachtnebel lag wieder unbeweglich über dem See, und sie war allein.

Was wollte sie rufen? Niemand weiß es. Liebe soll man nicht zu erklären versuchen. Aber was wären wir, wenn wir es nicht versuchten?

Dann wurde sie plötzlich vollkommen still, und ihre Augen füllten sich mit Tränen. Der Vogel war aufgeflogen, und sie war allein; das war das zweite Mal, daß man sie weinen sah. Das erste Mal war gewesen, als sie auf der Treppe des Wohnwagens gesessen hatte, als die Krise vorüber war und der Hundmann ihre Wange mit der Flügelfeder eines Vogels gestreichelt hatte. Nun war es das zweite Mal, aber sie war ruhig. Sie war bereit, den unerhörten Schritt in die kurze Einsamkeit zu tun, hinaus in die schwindelnde Leere, aber sie würde es schaffen. Sie lag jetzt still, den Blick nach oben gerichtet, sah gerade durch alles hindurch, als könnte nichts sie hindern. Dann trennten sich die Lippen langsam, in einem sehr schwachen, aber deutlichen Lächeln, sie schloß die Augen und starb. Acht Minuten nach ihm.

Acht Minuten war sie allein gewesen.

Träumte heute nacht wieder von Pinon.

Wir befanden uns auf einer gewaltigen Eisebene; es muß in der Polarregion gewesen sein. Unser Schiff war vom Eis zermalmt worden, und wir befanden uns auf dem Marsch: aber nicht der Pol war unser Ziel.

Es war eine sehr kleine Expedition: es waren Pasqual Pinon und seine Maria, ich selbst, K, seine Frau, der Junge, und Ruth B. hatte die Hutschachtel in der Hand und sah reizend aus, sie sah zum ersten Mal so glücklich aus, plauderte mit dem Kopf in der Hutschachtel; es war, als hätten sie sich endlich gefunden und all das Alte wäre vergessen. Kein Groll mehr. Klare Luft, hohe Sonne. Wir gingen schnell, beinah ohne Anstrengung, glitten beinah durch die Eislandschaft dahin, als gäbe es keine Hindernisse. Wir berührten mit unseren Füßen kaum das Eis.

Pinon ging als erster, hielt seinen mächtigen Doppelkopf hoch erhoben. Maria hatte die Augen geöffnet, spähte nach allen Seiten.

Wie schnell wir gingen. Wie schwerelos. Wie leicht wir uns bewegten. Wir zogen mit einem Lächeln dahin, als wüßten wir. Es war nicht nur das ungeheure Weiße, die Mächtigkeit der Eisblöcke, sondern auch das Gefühl, daß wir zusammengehörten, daß wir einander so lieb hatten, daß wir soviel voneinander gelernt hatten. Wir waren ein Organismus, hatten wir plötzlich begriffen. Zusammen könnten wir die Aufgabe lösen, denn nur zusammen waren wir ein Mensch. Zusammen würden wir das Ziel finden, die ungeheure Aufgabe lösen.

Es war ein Gefühl von ruhigem Glück und von Entschlossenheit, wir würden alle mithelfen. Ruth und der Junge und K und seine Frau und ich und Pasqual und Maria. Zusammen waren wir ein Mensch.

Wir wußten, wohin wir unterwegs waren. Wir hatten alle, lange Zeit schon, das Zeichen weit dort hinten gesehen: es war der Albatros, der hoch dort oben kreiste und kreiste. Hoch, in tausend Meter Höhe, es sah aus, als wäre er aufgehängt dort oben, so ruhig flog er.

Dort würde es sein.

Wie still es war, wie ruhig. Wie mühelos wir vorwärts glitten, Hand in Hand, fast mit einem Lächeln auf aller Lippen.

Dann, auf einmal, waren wir da. Wir waren beim Eisgrab. Es war Pinon, der es fand. Es war ja auch natürlich, er war vorangegangen, er war es, der den richtigen Weg für mich finden sollte. Er zeigte. Marias Augen blinzelten intensiv, sie blickte auf das Eisgrab, dann auf mich. Ich fühlte, daß der Junge an meine Hand rührte, als wollte er mir helfen oder sagen, daß ich keine Angst haben sollte. Aber ich hatte ja gar keine Angst.

Nun sind wir am Ziel, sagte Pinon.

Ich sah sofort, wer es war. Er lag ausgestreckt auf dem Rücken im Eisgrab. Es war Papa, genau wie auf dem Photo. Die Italiener hatten ihn hier zurückgelassen. Sie hatten ihm fast alle Kleider ausgezogen, sein Essen genommen, einen Sarg aus dem weißen, blauschimmernden, fast durchsichtigen Eis herausgehauen und ihn hineingelegt, während er noch lebte. Das Schmelzwasser war zu einer dünnen Eishaut gefroren, aber sie war durchsichtig, man konnte sehen, daß er mit geöffneten Augen dalag und gerade nach oben schaute, durch die matte Haut des Eises hindurch.

Und Pinon sagte: Nun bist du am Ziel. Nun bist du an der Reihe.

Er gab mir die Flügelfeder. Sie war weiß, ich erkannte sie wieder. Ich beugte mich vor und sah: und so still hatte der Vogel dort hoch oben geschwebt, daß seine Linien sich in die Eishaut eingeätzt und seine Konturen auf das Eis gezeichnet hatten. Ich beugte mich vor, hauchte gegen die Eishaut, strich gleichzeitig mit der Feder über sie. Der Eisvogel verschwand langsam, das Gesicht kam zum Vorschein, und es war ich.